Grise-Vallée | Journal scolaire | Tome 3

La Tache des cauchemars

Du même auteur

S'amuser au masculin, Les Intouchables, 2008.

L'Opération Passe-Partout, Trécarré, 2007.

Les Saisons du parc Belmont, Libre Expression, 2005.

Boycott, Les Intouchables, 2003.

Le Cratère, tome 1, *Le Cristal qui pousse*, Trécarré, 2009.

Le Cratère, tome 2, *Les Photos impossibles*, Trécarré, 2009.

Grise-Vallée | Journal scolaire | Tome 3

La Tache des cauchemars

STEVE PROULX

TRÉCARRÉ

Une compagnie de Quebecor Media

Catalogage avant publication de Bibliothèque et Archives nationales du Québec et Bibliothèque et Archives Canada

Proulx, Steve, 1977-

Le Cratère

Sommaire: t. 1. Le cristal qui pousse -- t. 2. Les photos impossibles -- t. 3. La tache des cauchemars -- t. 4. L'horoscope particulièrement précis.
Pour les jeunes de 12 ans et plus.

ISBN 978-2-89568-403-9 (v. 1)
ISBN 978-2-89568-404-6 (v. 2)
ISBN 978-2-89568-405-3 (v. 3)
ISBN 978-2-89568-406-0 (v. 4)

I. Titre. II. Titre: Le cristal qui pousse. III. Titre: Les photos impossibles. IV. Titre: La tache des cauchemars. V. Titre: L'horoscope particulièrement précis.

PS8631.R682C72 2009   jC843'.6   C2009-941604-2
PS9631.R682C72 2009

Édition: Miléna Stojanac
Révision linguistique: Annie Goulet
Correction d'épreuves: Violaine Ducharme, Pascale Jeanpierre
Couverture et grille graphique intérieure: Chantal Boyer
Mise en pages: Hamid Aittouares
Illustration de la couverture: Vincent Giard

Cet ouvrage est une œuvre de fiction; toute ressemblance avec des personnes ou des faits réels n'est que pure coïncidence.

Remerciements
Les Éditions du Trécarré reconnaissent l'aide financière du gouvernement du Canada par l'entremise du Fonds du livre du Canada pour leurs activités d'édition. Nous remercions le Conseil des Arts du Canada et la Société de développement des entreprises culturelles du Québec (SODEC) du soutien accordé à notre programme de publication. Gouvernement du Québec – Programme de crédit d'impôt pour l'édition de livres – gestion SODEC.

Les Éditions du Trécarré
Groupe Librex inc.
Une compagnie de Quebecor Media
La Tourelle
1055, boul. René-Lévesque Est
Bureau 800
Montréal (Québec) H2L 4S5
Tél.: 514 849-5259
Téléc.: 514 849-1388
www.edtrecarre.com

Dépôt légal – Bibliothèque et Archives nationales du Québec et Bibliothèque et Archives Canada, 2010

ISBN 978-2-89568-405-3

Distribution au Canada
Messageries ADP
2315, rue de la Province
Longueuil (Québec) J4G 1G4
Tél.: 450 640-1234
Sans frais: 1 800 771-3022
www.messageries-adp.com

Diffusion hors Canada
Interforum
Immeuble Paryseine
3, allée de la Seine
F-94854 Ivry-sur-Seine Cedex
Tél.: 33 (0)1 49 59 10 10
www.interforum.fr

À Romane
Voici ce que je faisais
pendant que tu dormais

AVERTISSEMENT

Histoire d'éviter les ennuis, nos avocats nous ont demandé de vous dire que ce livre est une œuvre de fiction. Toute ressemblance avec des personnes connues ou des faits réels serait donc purement fortuite.

En résumé, tout est faux dans ce livre. Du premier mot jusqu'au dernier.

Plusieurs événements relatés dans ces pages vous paraîtront trop étranges pour avoir été inventés. Or, ne vous fiez pas aux apparences.

Et surtout, sachez que l'auteur de ce roman n'a nullement été inspiré par une série d'incidents qui se seraient réellement déroulés, voilà quelques années, dans la petite ville où il a grandi.

Ce n'est vraiment, vraiment, vraiment pas le cas.

Juré craché : toute cette histoire est entièrement sortie de l'imagination débridée d'un écrivain doté de beaucoup trop de temps libre.

Mais si, malgré tout, un doute persiste dans votre esprit, si vous croyez qu'il y a du vrai dans ce que vous vous apprêtez à lire... de grâce, n'en parlez à personne.

Jamais.

Il y a trop de lumière. On dirait quatre cent cinquante ampoules de deux mille watts braquées en plein sur le visage de Simon. De quoi se faire frire les yeux.

Simon est ébloui dans le premier sens du terme. Oui, car on dit souvent qu'on est *ébloui* lorsqu'on est émerveillé par une chose. Mais « éblouir » signifie avant tout :

Verbe transitif : Déranger la vue de quelqu'un par un vif éclat, aveugler.

Ex. : Les phares de cette automobile nous ont éblouis.

Proprement dit, l'éblouissement n'a donc rien de merveilleux. Vous le saurez pour la prochaine fois.

Toujours est-il que Simon est ébloui, mais alors que son œil s'habitue progressivement à cet abus de clarté, il découvre que ses pieds reposent sur un plancher propre, blanc et étincelant comme une baignoire de publicité de nettoyant pour salle de bain.

Où est-il ?

Il est assis sur une sorte de banc, le dos voûté. Il tente de relever la tête, mais ça coince dans la région des vertèbres cervicales. Il n'arrive pas à bouger. Impossible aussi d'étirer les jambes, et ses deux mains sont soudées à ses genoux.

En résumé, son corps est aussi paralysé que celui d'un mammouth congelé sous dix mètres de pergélisol.

Par miracle, ses yeux peuvent encore rouler dans leurs orbites. La tête bloquée en position penchée, Simon essaie de voir le plus loin possible devant lui. Il tente de regarder ses sourcils. Peut-être trouvera-t-il ainsi un indice qui lui permettra de savoir où il se trouve?

À environ un mètre de lui, une forme sombre se découpe dans la blancheur. Il la reconnaît. Ce sont les espadrilles bleues que Lili porte toujours.

Lili est là.

A-t-elle, comme lui, été transformée en statue?

Si seulement il pouvait parler, dire quelque chose, lancer un « Ça va? » ou un « Qu'est-ce qu'on fiche ici? »... Mais il y a trop de nœuds dans sa gorge pour qu'il espère en tirer quelque son.

Soudain, un microtremblement de terre secoue ce lieu exagérément lumineux. Simon ressent la vibration. Qu'est-ce que c'est? Par réflexe, il ferme les yeux et attend, sur le qui-vive.

Silence. Il ne se passe rien d'autre...

En rouvrant lentement les paupières, il trouve le corps de Lili, toujours sur son banc, mais maintenant couché sur le côté. Le visage de son amie est directement dans son champ de vision.

Son visage...

Il est mou et mort. Le bout de sa langue sort de sa fine bouche. Derrière ses lunettes carrées, ses yeux sont grands ouverts, mais vitreux et sans vie. Elle a le regard d'un saumon du Pacifique couché sur un lit de glace concassée au rayon poissonnerie.

Simon se désintègre de l'intérieur.

« C'est pas possible... Non... NON ! C'est pas possible... » se répète-t-il en lui-même.

LILI EST MORTE !

Il donnerait tout ce qu'il possède (et même plus) pour avoir la force de casser ce ciment invisible qui l'immobilise et voler au secours de son amie.

Lili...

Son teint est grisâtre. Sa poitrine ne se gonfle plus. Elle ne respire plus. Un cadavre.

Simon voudrait pouvoir s'approcher d'elle, l'asperger d'eau froide, prendre son pouls, composer le 911, lui faire le bouche à bouche. N'importe quoi. Ah ! S'il pouvait bouger ses bras. Seulement ses bras. Il pourrait presque la toucher.

Attirée par la gravité, la tête de Lili bascule légèrement vers le sol. Ses lunettes tombent sur le plancher.

Simon refuse de demeurer ainsi, aussi impuissant qu'un bébé naissant. Pas question pour lui de poireauter là, comme un concombre, à contempler l'horreur. « Quand on veut, on peut », se dit-il tandis que des larmes s'invitent et lui brouillent la vue.

Simon doit bouger.

Il mobilise toute l'énergie qui lui reste, toute l'énergie du désespoir. Il veut bouger. Une boule de feu se forme tranquillement dans un recoin de son intestin grêle. Elle atteint son estomac et prend de la vigueur. Sa chaleur lui calcine l'intérieur. Il va bouger. Simon comprime tous ses organes internes. La boule remonte son œsophage, arrive à sa gorge, brûle sa langue et son palais. Et Simon, pour la faire sortir, ouvre la bouche. Il lâche un solide, un violent, un profond...

– AAAAAAAAAAAH !

Depuis quelque temps, Simon fait ce cauchemar toutes les nuits.

① Des choses qui arrivent

4 h 34.
La lune est dans son dernier quartier.
Mais ça ne change rien en ce qui nous concerne.

Simon est dans son lit. Son drap, son couvre-lit, sa taie d'oreiller sont imbibés de sueur froide. Ce sont des choses qui arrivent quand on émerge tout juste d'un cauchemar récurrent à 4 h 34 du matin.

Il regarde autour, l'esprit encore encombré des résidus de son mauvais rêve. Il a quitté cette pièce trop blanche. Tout autour est maintenant normalement obscur. Il bouge ses jambes, son cou, ses doigts. Ça roule comme dans l'huile. Simon sait bien qu'il est sorti de son cauchemar, mais il a besoin d'une confirmation physique.

Dans la pénombre, sa main tâte la surface de sa table de chevet et trouve son étui à lunettes, qui, lui, dort à couvercle fermé.

C'est immanquable, toutes les nouvelles lunettes reçoivent un traitement royal au cours de leurs premières semaines d'utilisation. Ceux qui en portent savent de quoi je parle. Quand on vient d'en recevoir des neuves, on peut interrompre ses activités deux cents fois par jour juste pour les nettoyer. On le fait, bien entendu, à l'aide du petit linge en microfibre fourni par l'optométriste, lequel sera, après usage, soigneusement rangé dans son enveloppe plastique. Le soir venu, on souhaite bonne nuit à ses nouveaux verres et on les remet dans leur étui à intérieur feutré, comme un trésor dans son coffre.

Ce genre de rituel dure en moyenne de deux à quatre semaines après réception des lunettes. Passé ce délai, on les nettoie minimalement avec un coin de t-shirt et, au moment de se coucher, on les abandonne sur la table de chevet sans même leur dire bonne nuit. Et au diable l'étui! Les lunettes dorment les fesses à l'air et ne s'en portent pas plus mal.

Mais Simon n'en est pas à ces familiarités. Ses lunettes sont encore chaudes. Il les apprivoise tranquillement.

Sa vue se dégradait depuis des mois. Il s'était presque habitué à voir flou. C'est lorsqu'il a déposé ses nouvelles prothèses rondes sur le bout de son nez que la netteté du monde qui l'entoure lui a sauté au visage. Il a constaté tout ce qu'il avait raté: les cumulus qui se découpent dans le ciel bleu comme de la crème fouettée, le contour ciselé des feuilles dans les arbres, les fourmis qui s'activent sur le trottoir, les fines gerçures sur les lèvres des gens, les taches de doigts dans les vitrines des magasins...

Le monde, devant de nouvelles lunettes, a l'air plus sale, plus authentique. Il faut être myope pour vraiment comprendre le bonheur de voir net. Mais, où en étais-je? Ah, oui...

Dans la pénombre de sa chambre, cette nuit, il n'y a cependant pas grand-chose à voir, à l'exception d'un faisceau de lumière émanant du dessus de sa commode. Simon écarte délicatement les branches de ses lunettes et les enfile.

La télé est allumée.

Cela lui revient soudainement. Il s'est endormi devant un match de hockey en prolongation. Le Canal Sports, qui ne dort jamais, montre maintenant une partie d'échecs.

Le jeu d'échecs se classant parmi les trois « sports » télévisés les plus endormants de l'histoire, il n'est pas étonnant qu'on les diffuse à cette heure tardive. C'est sûrement pour les insomniaques. C'est vrai : compter les moutons ou regarder une partie d'échecs, c'est du pareil au même.

— *Fritz Kremglass prend tout son temps... On le sent concentré...* chuchote la voix de l'analyste.

À l'écran, un joueur autrichien (doté d'un seul sourcil) est penché au-dessus d'un échiquier jonché de statuettes. Il est parfaitement immobile, sauf ses yeux, qui clignent de temps à autre.

— *Quel coup fera Kremglass, lui qui contrôle maintenant le centre ?* demande l'autre commentateur.

— *Si tôt après le début de la partie, c'est carrément prodigieux !*

— *Définitivement, Robert.*

Assis en indien au milieu de son lit, Simon fixe l'image.

Télévisuellement parlant, donc, le jeu d'échecs est une désolation. Or, il a tout de même connu son quinze minutes de gloire à la fin des années 1990 lorsque le champion mondial de l'époque, Garry Kasparov, a affronté le supermégaordinateur Deep Blue. Une partie historique. L'homme contre la machine. Tout le monde voulait savoir qui des deux allait remporter la bataille. Kasparov a battu Deep Blue une première fois en 1996. Mais l'année d'après, le superordinateur a obtenu sa revanche. Puisque d'exceller aux échecs est considéré comme le summum de l'intelligence humaine, qu'un ordi réussisse à triompher d'un des plus grands maîtres des échecs que la terre ait porté a été un événement assez marquant. Plusieurs ont craint que l'heure soit venue, que bientôt les ordinateurs domineraient le monde.

Rassurez-vous, il reste encore de belles années à l'homme avant d'être complètement dépassé par la machine.

— *Regardez Kremglass se concentrer... Tout est dans le calcul, mais aussi dans l'intuition...* analyse le commentateur.

— *Définitivement, Robert. Les maîtres d'échecs utilisent leur intuition pour prévoir les coups de leur adversaire,* commente l'analyste. *D'ailleurs, le gagnant d'une partie est souvent celui qui a su prévoir le plus de coups d'avance...*

— ... *Et j'ajouterais que c'est probablement la plus belle leçon de vie que peuvent nous enseigner les échecs: gagner, c'est prévoir...*

— *Définitivement!*

Simon est maintenant blotti sous ses couvertures et regarde la partie. Évidemment, il a du mal à se rendormir. Ce sont des choses qui arrivent à 4 h 38 du matin, après un cauchemar récurrent.

Il allume sa lampe de chevet pour y voir plus clair. *Clic!* La clarté éclabousse un grand pan de son mur des beautés du monde, sa mosaïque de photographies de paysages étonnants provenant des quatre coins du globe.

Il se lève et s'approche de sa commode. Sur le dessus gît une feuille lignée pliée avec soin au verso de laquelle sont inscrits deux mots au stylo rouge.

Pour Lili...

Il ne s'est rien passé d'ardent entre Lili et lui depuis leur baiser à soixante-six pieds sous terre, dans les grottes de Grise-Vallée. Ils se voient encore tous les jours. Ils se côtoient. Ils parlent de tout, de rien, du *Cratère*, mais ni l'un ni l'autre n'a encore osé faire le «deuxième pas». Ce baiser est resté sans suite.

Il y a trois jours, Simon a décidé de prendre les devants. Si Lili n'entreprend rien, lui ne restera certainement pas dans la brume pour l'éternité. Il signifiait quoi, ce baiser, pour Lili ? Simon l'ignore. Il sait, par contre, ce qu'il signifiait pour lui.

Cette feuille lignée traîne sur sa commode depuis trois jours. Simon cherche le bon moment pour la donner à Lili. Il la prend, l'ouvre pour la centième fois et relit les mots qu'il lui a écrits.

> Si c'est O.K. pour Toi, je voulais Te dire que j'ai des sentiments pour Toi, mais si Toi Tu n'en as pas, c'est O.K. pour moi.

Bon. Simon n'a jamais été très habile avec les mots. Dans le couple, c'est Lili, l'écrivaine. Ai-je écrit « couple » ? Il ne faudrait tout de même pas vendre la peau de l'ours avant de l'avoir tué.

Il est 4 h 42 du matin.

Simon s'approche du miroir de sa commode et regarde son reflet dans le blanc des yeux. Quelque chose de nouveau. Dans la portion supérieure de son iris gauche se trouve une drôle de tache.

Le genre de tache qui saute aux yeux, si vous me passez l'expression.

Depuis quand est-elle là ? Il s'est souvent regardé droit dans les yeux en se pétant un bouton d'acné, mais jamais il n'a remarqué cette curieuse noircissure. Simon l'examine de plus près encore, en collant presque son nez sur le miroir.

La tache est d'un noir profond ; rien à voir avec une poussière dans l'œil. On dirait plutôt une goutte de pétrole.

Et s'il s'agissait d'une maladie ? D'une tumeur ? D'une infection ? Et si c'était urgent ?

Simon est pris de panique. Il sort de sa chambre et entre dans celle de ses parents sans frapper.

— M'man, chuchote-t-il.

— Hein ? Simon ? Qu'est-ce qu'il y a ? répond Annabelle en se réveillant.

— ZzzzzzzzZZZzzz, ajoute son père, qui dort juste à côté.

— Je pense que j'ai un cancer dans l'œil !

Ce n'est très probablement pas le cas.

Sauf qu'à 4 h 43 du matin, quand on est un peu amoureux et qu'on vient de sortir d'un cauchemar récurrent, prendre une simple tache pour un cancer fait partie des choses qui arrivent...

(Résumé des épisodes précédents)

Croyez-moi, j'aurais mille fois préféré que les choses se déroulent autrement. Mais que voulez-vous ? La vie, c'est la vie.

J'aurais aimé commencer cette nouvelle aventure sans trop me casser le coco, à la bonne franquette, avec un « Il était une fois » sans prétention. Malheureusement, ce ne sera pas possible.

Pourquoi ?

Rappelez-vous le tome 2 de cette incroyable saga, intitulé *Les Photos impossibles*. Vous vous en souvenez, j'espère...

Alors vous savez que tout a débuté lorsque Simon et Lili sont allés rencontrer un certain P.T. Barnumans, un ex-propriétaire de cirque habitant sur la butte au Wallon. Pour diverses raisons que je ne rappellerai pas ici, nos journalistes ont pensé que ce vieil excentrique en saurait un peu plus qu'eux à propos d'une photo montrant un mineur de 1904 portant un téléphone cellulaire à la ceinture. Ce qui est impossible. Je ne vous apprends rien ici.

Et, bien sûr, vous êtes parfaitement au courant que le bonhomme en avait long, très long, à raconter sur cette photo. Oui, car le mineur au cellulaire n'était nul autre que...

1) son père ;
2) un voyageur du temps.

Je passe vite sur les détails, vous les connaissez déjà, de toute façon.

Bref, après avoir gaiement causé des voyages temporels de son paternel, le vieil homme s'est assombri lorsque la discussion a glissé sur le sujet des « ILS ». Ces mystérieux individus auraient, semble-t-il, pollué l'existence de Barnumans des années durant. Qui sont-ils, ces « ILS » ? On n'a pas eu le temps de creuser la question. L'arrivée à l'improviste d'un technicien du téléphone a changé le plan de la journée.

Dans un moment de folie, Barnumans administrera un solide coup d'éléphant de bronze au crâne du technicien. On découvrira plus tard que ce dernier n'était pas un technicien du tout, mais bien un ex-fraudeur payé en argent sonnant par on ne sait qui pour installer des appareils téléphoniques « spéciaux » chez certains citoyens de Grise-Vallée. Simon et Lili étaient de ceux-là.

Vous ne pouvez certainement pas avoir oublié ces inexplicables événements, hein ?

Simon, refusant de gober des mouches en attendant que passent les délires de Barnumans, fuira (avec Lili). Ils n'iront pas loin, cependant. Barnumans les retrouvera dans son musée de cire et les forcera à participer à son fameux spectacle destiné aux « ILS ».

Et vous savez fort bien comment tout ça s'est terminé.

Au beau milieu d'un numéro de presdigit... de prestigidi... de presgiditita... de magie, nul autre que Charles Fortan, le nouvel éditeur du *Cratère*, est apparu. Et il a endormi tout le monde à l'aide d'un gant gris et d'un massage des tempes.

Mais le plus fou dans cette glissade d'eau de péripéties, savez-vous ce que c'est ? C'est que tout ça, vous, moi et tous les lecteurs de cette série le savons, mais Simon et Lili, eux, l'ignorent complètement.

Croyez-moi, j'aurais mille fois préféré que les choses se déroulent autrement. Car nous voilà au tout début d'une nouvelle aventure avec deux personnages principaux qui n'ont aucune espèce d'idée de ce qui s'est passé dans l'épisode précédent.

Ça nous fait une belle jambe.

Que s'est-il passé entre le moment où Fortan est apparu au spectacle de Barnumans et celui où Simon et Lili se sont réveillés, dans leur lit, la mémoire pleine de trous ? Plusieurs d'entre vous l'ont déjà deviné : nos héros ont voyagé dans le temps. Pas loin. Ils sont seulement revenus deux jours plus tôt.

Or, j'entends d'ici vos questions. Qui est Charles Fortan ? Mais surtout, qu'adviendra-t-il de Simon et Lili ?

Maintenant, commencez-vous à avoir une petite idée du programme qui nous attend ? Comme dirait mon oncle : attachez votre tuque, vos culottes et votre dentier, il va y avoir de la houle.

② La générale

17 h 21.
École secondaire de Grise-Vallée.
Secteur des casiers.
Deuxième rangée, de C161 à C210.
Casier C198.

La porte, en s'ouvrant, laisse tomber une feuille lignée pliée en deux qui atterrit sur l'espadrille bleue de Lili. C'est une lettre manuscrite.

Aux temps jadis, avant que soient inventés le courriel et le texto, c'est de cette façon primitive que les gens s'envoyaient des messages. À l'aide d'un instrument qu'on appelait un « stylo », on inscrivait à la main des mots sur du papier. La note était ensuite livrée à son destinataire par bateau, par avion, par camion, par facteur, par pigeon voyageur ou tout simplement glissée par la fente d'un casier.

Qui c'est ? se demande Lili examinant la lettre de tous les côtés. *Peut-être un admirateur secret ?* Elle l'ouvre sans tarder.

Lili, j'ai rv chez l'opto.
Peux pas aller à la pratique.
Dis-le à Charles!
— Simon P.

Pour ce qui est de la lettre de l'admirateur secret, on repassera. Ce n'est même pas une lettre, en fait, c'est un mot. Un simple mot de rien du tout, sans fioriture, sans fla-fla. Un mot fonctionnel à la Simon Pritt. Dans un recoin au fond d'elle-même, Lili espérait quelque chose de moins expéditif. Un peu de poésie, poutine! Déçue, elle abandonne la note dans son casier. Elle fera quand même le message à Fortan.

Simon ratera donc la générale. Je parle bien sûr de la répétition de la conférence que l'équipe du *Cratère* doit prononcer dans deux jours au Congrès des journalistes. Oui, car toute la bande du journal participera à cet événement annuel qui se déroulera à Gorges-Profondes, un village à trois heures de route de Grise-Vallée. Tout cela, c'est un peu grâce à Simon et à Lili. Leur reportage sur l'expédition catastrophe dans les grottes de Grise-Vallée[1] a attiré sur *Le Cratère* l'attention nationale en général, et celle des organisateurs du congrès en particulier. Ces derniers ont cru bon inviter à leur réunion annuelle les artisans de cet obscur journal scolaire qui a tant alimenté les discussions...

Bien sûr que tout le monde est excité. Officiellement, l'objectif pédagogique du voyage est:

---

1. Voir le tome 1, *Le Cristal qui pousse.*

« Sensibiliser l'apprenant au métier de journaliste et à l'importance de l'information dans une société libre, à l'occasion d'un événement réunissant des professionnels du journalisme. »

Enfin, c'est ce que la direction de l'école a dit aux parents pour obtenir leur autorisation. Pour l'équipe du *Cratère*, cependant, ce congrès signifie plutôt :

« Sortir de Grise-Vallée. Coucher dans une chambre d'hôtel loin des parents. S'éclater et manquer une journée d'école ! »

Or, les membres du bimensuel le plus lu de l'école secondaire de Grise-Vallée (et le seul) ne participent pas à ce congrès uniquement en tant que spectateurs. Ils doivent présenter leur journal lors d'une conférence. En ce moment même, le groupe est au local A-112 et répète ladite présentation une dernière fois avant la vraie.

Lili devrait d'ailleurs y être à l'heure qu'il est.

Elle flanque son sac sur son épaule, cadenasse son casier et s'en va d'un pas empressé. Un court corridor la mène jusqu'à l'agora. C'est dans cet endroit couvert d'un tapis couleur gruau que les étudiants tuent le temps entre deux cours (tout en se plaignant de la musique de la radio étudiante).

Il n'y a généralement pas foule à cette heure du soir. Il reste néanmoins une personne : un grand frisé de quatrième secondaire avachi dans une posture déconseillée par les spécialistes du dos. Il a une jambe dans le plâtre. *Il doit attendre que ses parents viennent le chercher,* en déduit Lili.

En attendant, justement, ce frisé lit *Le Cratère*. Je dirais même plus : il lit le plus récent article de Lili.

Pour un auteur, imaginer son lecteur en train de consommer un de ses textes est une chose assez fantastique. Le voir en direct, c'est encore mieux.

Par exemple, vous qui en ce moment lisez ces mots, il y a de bonnes chances pour que vous me soyez parfaitement inconnu. Mais j'aime vous imaginer. Peut-être lisez-vous ce roman dans l'autobus à côté d'un monsieur qui respire trop fort ? Peut-être me lisez-vous en direct de la Nouvelle-Calédonie, ce petit archipel à 1 500 kilomètres à l'est de l'Australie ? Peut-être me lisez-vous à une autre époque, qui sait ? Vous pourriez avoir acheté ce roman pour quelques dollars chez un libraire d'occasion quelque part en 2092. À moins de percées médicales étonnantes, je serai mort depuis un moment déjà. Mais vous, peut-être vivez-vous alors dans un monde où l'on déversera ses déchets dans l'espace, où l'on aura définitivement aboli l'hiver, où les États-Unis auront élu leur premier président extraterrestre, où une multinationale de boissons gazeuses aura acheté la lune pour peindre au fond de la mer de la Tranquillité une version géante de son logo, visible la nuit de tous les coins de la Terre?

Ou peut-être pas.

En fait, peut-être êtes-vous obligé de lire ce roman pour un travail scolaire? Peut-être qu'il vous ennuie au cube et que vous avez surtout hâte d'arriver à la fin? Si c'est le cas, je ne vous embêterai pas plus longtemps avec mes divagations d'écrivain.

J'ajouterai seulement que Lili s'émeut toujours lorsqu'elle surprend quelqu'un à lire un de ses textes.

Tandis qu'elle passe près du grand frisé, celui-ci se lève en s'appuyant sur ses béquilles et dépose son édition du *Cratère* dans le bac à recyclage.

Voilà une autre réalité: les textes de Lili sont destinés à être jetés après lecture. La vie d'un journal est courte.

Malgré tout, Lili espère que ses mots résonneront quelque temps dans la tête de ses lecteurs. Si seulement son article pouvait aider UNE SEULE PERSONNE à comprendre un peu mieux le monde dans lequel nous vivons... Quand on est journaliste, c'est ce qui compte, après tout. Voilà ce qu'elle dira, tantôt, à la générale...

D'ailleurs, elle devrait déjà y être, à l'heure qu'il est.

$\mathcal{Q}$

17 h 21.

Local A-112.

La bonne vieille salle de rédaction du *Cratère*.

Éric-François Rouquin, Yann Dioz et Charles Fortan sont assis autour de la grande table centrale, toujours aussi encombrée de journaux, de magazines, de photocopies, de paperasse. Dehors, il fait déjà nuit. La chaise de Lili est inoccupée, tout comme celle de Simon.

Kim Laurence et Laurence Kim se tiennent debout de part et d'autre du grand tableau blanc. La scène est assez comique : nos deux jumelles-inversées-mais-de-noms-seulement portent le même ensemble, mais à l'envers (il y a un concept, oui). Ainsi, Laurence a un pantalon gris souris et un gilet framboise, et Kim, le contraire : un gilet gris et un pantalon framboise. Pour couronner le tout, c'est le cas de le dire, nos deux andouilles sont coiffées d'une sorte de chapeau de papier conçu à partir d'anciens exemplaires du *Cratère*.

C'est ce costume que notre duo asperge-betterave portera au Congrès des journalistes. Ça ne fait pas trrrès sérieux, je vous l'accorde. Et comme une idée idiote ne vient jamais seule, Laurence a pensé qu'il serait « trop original » que chacune dise quelques mots, puis que l'autre complète la phrase, et ainsi de suite, genre ping-pong verbal. Ce qui donne :

Laurence : « Merci d'être venus »
Kim : « à cette »
Laurence : « super conférence »
Kim : « portant sur le »
Laurence : « journal *Le Cratère* ! »

Sourire en coin au fond de la salle, Yann Dioz observe les deux princesses du Royaume de la Bêtise se débattre dans les sables mouvants du ridicule. Sur la chaise d'à côté, Éric-François Rouquin, quant à lui, est blanc comme un yogourt nature. C'est qu'après la performance des deux gélinottes, ce sera son tour de présenter les différentes sections du journal. S'il ne donne pas sa place pour écrire ses chroniques *Bizarre ! Bizarre !*, ses habiletés d'orateur ne sont cependant pas une seconde nature chez Éric-François. Ni même une seizième nature, à vrai dire. Et s'il bégayait ? Et s'il disait une connerie ? Et s'il avait l'air fou ? Et si quelqu'un le filmait avec son cellulaire ? Et si – la honte – les images se retrouvaient sur YouTube ?

Laurence : « *Le Cratère* »
Kim : « est peut-être »

Éric-François a un trac grave. Il a les mains moites et le goût de renvoyer son déjeuner. Et ce n'est que la répétition ! J'ose à peine imaginer dans quel état on le trouvera au moment de la *vraie* conférence, lorsqu'il y aura des dizaines de journalistes devant lui.

Laurence : « seulement un journal scolaire »
Kim : « mais »
Laurence : « cela ne l'empêche pas »
Kim : « de publier »
Laurence : « des articles de haut calibre »

C'est encore cette satanée peur du ridicule qui le torture. Éric-François la connaît bien. C'est une peur qui, manifestement, n'atteint pas l'épiderme de Kim et Laurence. En un sens, ces deux-là prouvent que le ridicule ne tue pas. Si c'était le cas, nous aurions en ce moment deux cadavres sur les bras.

Laurence : « *Le Cratère* »
Kim : « est aussi un »
Laurence : « journal apprécié des élèves »
Kim : « »
Laurence : « ? »
Kim : « »
Laurence : « Pssst ! T'as une absence, ou quoi ? »

Kim regarde Laurence, et ensuite le reste de l'équipe. Quelque chose la tracasse.

Laurence : « C'est à toi : accouche ! »

Muette, Kim retire son chapeau de papier et le dépose sur la grande table. Elle redresse quelques mèches mauves aplaties par le couvre-chef, croise les bras et se tourne vers sa grande échalote d'amie.

— C'est pas juste! se lamente-t-elle. Tu as les meilleurs mots!

Malaise.

— Pardon? répond Laurence, surprise.

Kim fait le tour de ses petits cartons de notes.

— On dirait même que tu as fait exprès... Tu veux une preuve? rétorque la boulette. Tiens: tu as « Merci d'être venus », « super conférence », « des articles de haut calibre », « journal apprécié des élèves ». Et moi j'ai: « à cette », « portant sur le », « mais », « de publier »... C'est archi-nul!

— Tu blagues? Redis ça encore! lance Laurence en laissant à son tour tomber sa couronne de papier.

Re-malaise.

On n'a jamais vu Kim dans cet état. Même Laurence ne sait pas sur quel pied danser. Cette Kim d'ordinaire docile comme un petit hamster mauve... La voilà qui sort ses griffes pour une simple histoire de mots. Quelle mouche l'a piquée? A-t-elle mangé de la vache enragée? Et alors que la générale prend un tournant dramatique, le reste de l'équipe s'échange des regards d'incompréhension.

— C'est trop mongol. Tu penses que je me suis gardé les meilleurs mots pour te laisser les plus pouiches?

— Je trouve que c'est quand même une assez drôle de coïncidence: tu as tous les mots parlants, et moi j'ai les restants.

— Les filles... intervient Charles Fortan en se levant. Je suggère de régler tout cela entre vous. Si on veut finir avant demain, il faut enchaîner.

L'éditeur, qui a roulé les manches de sa chemise crème, se tourne alors vers Éric-François (ou plutôt ce qu'il en reste, car le malheureux se désintègre de nervosité). Kim et Laurence regagnent leurs places. Avant de s'asseoir, elles éloignent leurs chaises l'une de l'autre en faisant crisser les pattes sur le plancher de ciment.

— Éric-François, c'est à ton tour.

En inspirant, le chroniqueur se lève et s'amène à l'avant de la salle, mais si lentement qu'on dirait qu'il recule. Il s'essuie les mains sur son pantalon. S'il les avait juste un peu plus moites, il pourrait laver un pare-brise avec. Arrivé devant le tableau blanc, il inspire une deuxième fois.

— Vas-y, on t'écoute, lâche Fortan d'une voix rassurante.

Le garçon ouvre la bouche, et c'est alors que Lili débarque en coup de vent dans le local A-112.

— Désolée du retard, lance-t-elle. Je pense que j'ai trouvé la fin de mon discours. Et si je disais que la chose la plus importante pour moi, quand j'écris un article, c'est de permettre à celui qui le lit de comprendre un peu mieux le monde dans lequel on vit? Ce serait bien, non?

— Ce serait très bien, répond Charles Fortan en s'accrochant un petit sourire au coin des lèvres, mais ce sera tantôt. Maintenant, c'est au tour d'Éric-François.

Lili se retourne vers son collègue, qui est aussi blanc que le tableau blanc devant lequel il s'est planté. Pour peu, il passerait inaperçu (c'est d'ailleurs ce qu'il souhaiterait le plus au monde en ce moment).

— Oups! Je n'avais pas remarqué qu'on avait commencé, dit Lili, désolée, avant de s'asseoir.

— Ton amoureux n'est pas avec toi? se moque Laurence en parlant de vous-savez-qui.

— Excellente, la blague, répond sèchement Lili. Si tu veux tout savoir: Simon avait rendez-vous chez l'opto...

Q

Au même moment, chez l'optométriste, justement...

— Et son ordinateur? Il a toujours le nez collé dessus. J'ai lu des articles, vous savez. Il paraît que ces appareils-là émettent des champs électromagnétiques qui déstabilisent les cellules vivantes. Et si c'était ça, docteur?

Perchée sur des talons aiguilles, la mère de Simon bombarde le spécialiste de la vision de questions concernant l'étrange mal de son garçon.

— Biensûrbiensûr, répond machinalement l'optométriste. Mais cela m'étonnerait beaucoup qu'un ordinateur soit la cause de cette anomalie dans l'œil de Simon.

Dans la pénombre de son cabinet, le bout des fesses posé sur une chaise à roulettes, le Dr Morez ausculte le globe oculaire de Simon à l'aide d'un réfracteur. Ce gros instrument, que l'on retrouve dans tous les cabinets d'opticiens, ressemble à d'énormes jumelles à plusieurs lunettes. Simon se place derrière l'appareil, et une série de disques défilent devant chaque œil.

— Dans l'article en question, insiste Annabelle Pritt debout dans un coin de la pièce, c'était pourtant bien écrit... C'était écrit que les dangers des champs électromagnétiques étaient réels. Et aussi qu'on en savait peu pour l'instant, mais que ces champs pouvaient entraîner des perturbations biologiques... Perturbations biologiques, oui... c'est bien ce qui était écrit.

— Écoutez, madame Pritt, faites-moi confiance. Avant d'accuser ce pauvre ordinateur, laissez-moi faire d'autres tests. Simon, dis-moi, depuis quand as-tu cette tache ?

— Elle est apparue seulement depuis qu'il a ses lunettes, répond Annabelle à la place de son fils. Et si c'était vos lunettes qui avaient causé cette tache ?

— Impossible, rétorque l'optométriste avant de rouler sur sa chaise jusqu'à son bureau. Mais... avez-vous déjà entendu parler d'un médecin du nom d'Ignatz von Peczely ?

Annabelle et Simon se regardent d'un air interrogatif. Ni l'un ni l'autre n'a entendu ce nom auparavant. L'optométriste se penche vers sa bibliothèque et trouve sur l'étagère du bas un gros livre à couverture de velours rouge datant des années mil neuf s'en-fait-plus. Il se tourne ensuite vers les Pritt.

— Voilà maintenant plus d'un siècle, ce médecin hongrois a été le premier à faire le lien entre la santé d'une personne et les marques dans son iris. Une légende circule autour de sa découverte. Quand il était jeune, Von Peczely aurait soigné la patte cassée d'une chouette. Il aurait alors remarqué une sorte de point sombre dans le gros œil de l'oiseau. Lorsque la chouette a repris du poil de la bête, si vous me passez l'expression, la tache aurait disparu. Von Peczely s'est mis à étudier le phénomène et a été le premier à dessiner une carte d'iris.

Le Dr Morez ouvre son gros manuel et montre à Simon et à sa mère une illustration. Elle représente deux yeux recouverts d'indications et découpés en zones de différentes couleurs.

— Von Peczely a jeté les bases de l'iridologie, une technique, assez controversée dois-je préciser, qui permet d'établir l'état de santé d'une personne en analysant les taches dans son iris.

— Hein? Vous voulez dire qu'en regardant les yeux de Simon vous pouvez savoir s'il est malade?

— Pas exactement. La pigmentation de l'iris nous indique les tendances générales seulement. Par exemple : le patient est-il plus susceptible de souffrir de problèmes intestinaux, de peau, de cœur ?

— Je ne savais même pas que ça existait ! s'exclame Annabelle.

— L'œil, selon les iridologues, est une sorte de miroir du corps. Par exemple, un iris strié serait un signe de stress. Mais si le contour de la pupille a une teinte marron, cela indiquerait que la personne souffre plutôt de problèmes digestifs.

— Mais... et la tache de Simon ? questionne Annabelle.

Le Dr Morez referme son bouquin, sort une loupe du premier tiroir de son bureau et, sur sa chaise, roule jusqu'à Simon. Avec l'outil grossissant, il observe attentivement son iris.

— Biensûrbiensûrbiensûrbiensûr, se dit-il à lui-même.

— Quoi ? demande Annabelle.

— La tache est située dans le haut de l'œil gauche, ce qui correspondrait à une zone du cerveau. Peut-être des troubles du langage, de la locomotion... As-tu des nausées, des bégaiements ?

— Non, répond Simon.

— As-tu reçu un coup sur le crâne ?

— Pas à ma connaissance.

— As-tu des maux de tête ?

— Euh... non.

— Des étourdissements ?

— Non.

— Des vertiges ?

— Rien.

— Biensûrbiensûr... Peut-être s'agit-il alors de trous de mémoire ? As-tu oublié des choses, récemment ?

— Hmmm, je ne me souviens pas...

— Biensûr... Cette tache pourrait être liée à un problème de l'hippocampe. C'est une partie de ton cerveau qui garde en mémoire tout ce que tu as vécu jusqu'ici dans ta vie. C'est ton disque dur, si tu préfères. Tous tes souvenirs y sont stockés.

— Docteur ? intervient Annabelle. Simon fait régulièrement des cauchemars, par contre...

— Ah bon ?

— Oui, depuis quelques semaines... Toujours le même rêve, ajoute Simon.

— Biensûrbiensûr... C'est très, très intéressant, dit le docteur en réfléchissant à voix haute. Et tu dors mal, j'imagine.

— Très.

L'optométriste roule jusqu'à son bureau et range sa loupe. Puis, il attrape un stylo et griffonne quelques mots sur son bloc-notes. Simon regarde sa mère. Annabelle regarde plutôt le Dr Morez.

— Alors, docteur, c'est grave ? lance-t-elle.

L'expert de la vue se retourne vers ses deux clients et retire ses lunettes.

— Les taches peuvent nous en dire long, dit-il, mais pour être franc, je n'en ai jamais vu une comme celle-là. Ce n'est peut-être rien du tout, mais j'aimerais revoir Simon la semaine prochaine pour suivre l'évolution de la tache.

— Et si elle est toujours là? Si elle grossit? s'inquiète Annabelle.

— Alors, on verra...

Plus tard cette soirée-là.

À travers la baie vitrée du Motel Soleil, Charles Fortan regarde ce qui aurait l'air d'une forêt si, dehors, il ne faisait pas noir comme chez le loup. Il sirote une tasse de thé fumante, le regard perdu dans l'obscurité. Les bruits sont rares à cette heure de la nuit. Sa fournaise au mazout démarre de temps en temps. Elle gronde pendant cinq minutes, puis se rendort, satisfaite d'avoir maintenu l'intérieur du Motel Soleil à une température confortable.

L'ex-journaliste de la décennie se sent seul. Terriblement. Ce qu'il donnerait, parfois, pour avoir un ami à qui parler. Ou seulement une oreille à qui se confier. Il en a tellement à raconter. Il lève les yeux au ciel. Son regard croise celui de la lune. On la voit bien, ce soir. Charles discerne parfaitement les taches noires sur la surface poussiéreuse.

Même si cela remonte à ses années d'école, il se souvient encore du nom des taches lunaires. Tout en haut, la mer des Crises. En dessous, une série de cratères de différentes grosseurs, vestiges des météorites qui ont percuté la lune au fil des millénaires. On reconnaît la célèbre mer de la Tranquillité, la gigantesque mer des Pluies et l'océan des Tempêtes. Et si Fortan sortait son télescope, il pourrait apercevoir tout au bout le fameux cratère de Tycho Brahé. Il a été nommé ainsi en l'honneur de l'astronome danois décédé en 1601 et surnommé l'Homme au nez d'or. Pourquoi? L'anecdote est assez comique : lors d'un duel à l'épée, Tycho aurait eu le bout du nez coupé. Jusqu'à la fin de ses jours, il portera donc une prothèse nasale fabriquée en argent et en or. Il n'y a pas que cela de drôle à propos de M. Brahé. Selon la rumeur, il serait mort de s'être retenu trop longtemps de faire pipi!

C'est fou tout ce qu'on peut apprendre simplement en regardant les cratères de la lune. Voir ce que les autres ne voient pas. Toute sa vie, Charles Fortan a suivi ce précieux conseil que lui avait donné un professeur de journalisme. Voilà où cela l'a mené. Ici. À Grise-Vallée. Seul dans un motel. Mais, n'en doutez pas, il ne reviendrait pas en arrière. Sauf qu'à l'occasion, quand la nuit s'entête à lui rappeler à quel point il est seul, il aimerait fermer les yeux et tout oublier.

Oui, parfois il y pense.

Tibidibidibidibidi!

La sonnerie de téléphone sort Fortan de la lune. Il dépose sa tasse de thé sur une table et se rend au comptoir de l'accueil.

Tibidibidibidibidi !

Une seule personne au monde peut lui téléphoner à cette heure.

— J'écoute, répond-il.

— Encore vos insomnies, Charles ? demande une voix de femme.

— Mouais... Ça et aussi...

— ... La douleur que vous avez de ne jamais pouvoir être vous-même, de ne pouvoir raconter la vérité à personne ?

— Cessez de lire dans mes pensées...

— ... Vous détestez cela, je le sais...

Charles se demande pourquoi la Dame l'appelle. Y a-t-il une urgence ?

— Je voulais seulement vous rappeler d'être triplement vigilant, Charles. Les Diffuseurs préparent certainement une offensive. Alors, lorsque vous irez à Gorges-Profondes, ne quittez pas des yeux nos deux amis. Compris ?

— Compris.

— Bonne nuit, Charles.

Et *clac !*

Le grand journaliste soupire, reprend sa tasse de thé et retourne près de la baie vitrée. La lune est toujours là. De quoi parlait-on, déjà ?

Ah oui ! Tycho Brahé...

③ Trop de couleurs, c'est comme pas assez

15 h 03.
Le lendemain de la veille.
0 °C.
– 1 000 °C (avec le facteur éolien).

En ce misérable vendredi 11 décembre, le paysage n'en peut plus d'attendre que l'hiver commence. Désespérés, les arbres nus tendent leurs mains crochues au ciel. Le temps est moche, comme si Dame Nature avait décidé de ne pas trop se forcer aujourd'hui. C'est l'automne, mais sans les charmes de l'automne. C'est en même temps l'hiver, mais sans les charmes de l'hiver. C'est rien, c'est nul.

Le soleil se couche tellement tôt en cette période de l'année qu'on se demande si cela vaut la peine d'appeler cela une journée. Huit heures quarante-six minutes d'ensoleillement au total. Pathétique !

En plus, il fait un froid de canard.

Voilà d'ailleurs une curieuse expression. Pourquoi dit-on un froid de canard et pas, par exemple, un froid de pingouin ? Le second n'est-il pas plus naturellement associé à la froidure que le premier ? C'est ce qu'on pourrait penser. Or, pour ceux que ça intéresse, sachez que l'expression « froid de canard » tire ses origines de la chasse. Tout à fait. C'est que, voyez-vous, l'ouverture de la chasse au canard s'étire de la fin de l'automne au début de l'hiver. Et tout bon chasseur sachant chasser sans son chien le sait : le canard se chasse mieux lorsque la température est basse, soit à la tombée de la nuit ou au petit matin. Voilà !

Toute la fine équipe du *Cratère* fait le pied de grue devant l'école. Ils ont prévu de partir en après-midi pour arriver à Gorges-Profondes en fin de soirée. Selon l'horaire, tout le monde doit dormir à l'Hôtel des Portes d'eau ce soir, afin d'être frais et dispo pour le congrès, demain. Il est 15 h 04. Charles Fortan ne devrait pas tarder.

— Snn**nirfff**fl ! renifle Éric-François.

Tout ce qui monte doit redescendre, c'est la loi de la gravité. Et le contenu du nez d'Éric-François Rouquin n'y fait pas exception.

— Snn**glirrrrr**rf !

— Poutine, prends un mouchoir ! s'impatiente Lili.

Elle en a ras le pompon d'entendre le bruit des vagues de mucus provenant des narines de son collègue enrhumé.

Simon sautille sur place pour éviter que le sang gèle dans ses veines. Il pense à sa tache. Ce n'est peut-être rien, comme l'a dit l'opto. Il pense aussi à Lili. C'est peut-être ce week-end qu'il osera, enfin, lui remettre sa lettre. Qui sait ? Ils partent aujourd'hui en tant qu'amis géographiques[2], ils

---

2. Il n'est pas rare de voir deux personnes très différentes se

reviendront peut-être en tant que copain et copine.

Ou peut-être pas.

— O.K., j'en ai une bonne pour nous réchauffer un peu... lance Yann Dioz en se frottant les mains.

Il a les joues rougies, les lèvres bleuâtres, et des débuts de glaçons s'accrochent à ses épais sourcils. Mais qu'à cela ne tienne, le froid n'arrêtera certainement pas le plus incorrigible blagueur de Grise-Vallée.

— Alors, quel est le pire cauchemar d'une chauve-souris? Hein? Avoir la diarrhée pendant son sommeil!

— Dégueu! lâche Lili. Tu les prends où, tes gags?

— Ah, ça... un bon magicien ne révèle jamais ses trucs!

Il est probablement plus sage, de toute manière, de ne pas savoir où Yann Dioz puise son inspiration. Mais ne nous éternisons pas là-dessus.

Avez-vous remarqué qu'on n'a toujours pas entendu Kim Laurence et Laurence Kim? Nos bécasses jacasseuses sont pourtant là. Laurence est toute grelottante sous son manteau chic (mais pas chaud). Kim a l'air d'une patate au four avec son anorak argent. Or, l'une ignore l'autre et l'autre fait la même chose. C'est confirmé: il y a un froid

---

lier d'amitié simplement parce qu'elles habitent l'une près de l'autre. C'est ce qu'on appelle des « amis géographiques ».

entre ces deux-là, et ça n'a rien à voir avec la température, ni avec les canards.

Est-ce encore cette histoire de discours pour la conférence? Kim est-elle toujours frustrée de n'avoir hérité que des mots moches, ou y a-t-il autre chose là-dessous?

On ne le saura pas tout de suite, car Charles Fortan s'amène.

— Bon... ce n'est pas trop tôt! s'exclame Yann en voyant l'éditeur du *Cratère* s'approcher à bord d'un véhicule.

Enfin... si on peut appeler cela un «véhicule».

Imaginez un vieux minibus couvert de *sploutches* de couleur. Un peu comme si on lui avait balancé des pots de peinture multicolores à la figure. Partout sur sa carrosserie, des dégâts de jaune, de bleu, de rouge, de brun, d'orangé; le tout sur un fond vert profond.

La tache de couleur contraste avec la grisaille du paysage. Ce n'est pas nécessairement joli. La preuve que trop de couleurs, c'est comme pas assez.

En s'arrêtant près du trottoir, le long bolide pousse une plainte interminable. Un drôle de *Brrrriiiiiiiiiiuuuuuuuuuuuuuu* pitoyable. Fortan ouvre la portière coulissante. Vêtu d'un parka beige à capuchon poilu et d'un pantalon en velours côtelé couleur café au lait, il bondit hors du minibus.

— J'ai loué cette beauté à mon voisin, dit-il en désignant du pouce la chose qui doit les mener jusqu'à Gorges-Profondes.

La mine des membres du groupe se passe de commentaires.

En même temps, ce n'est pas la première fois que Charles Fortan surprend. N'oublions pas qu'il s'est présenté au journal... nu-pieds! Par ailleurs, on ne l'a jamais vu apporter de lunch, ni manger à la cafétéria, ni parler à d'autres professeurs. Fortan semble vivre dans une bulle. C'est sans mentionner qu'il habite complètement seul dans un motel de vingt-quatre chambres. L'autre jour, par pure curiosité, Lili a tapé le nom de Charles Fortan dans Google. Elle y a trouvé plusieurs articles écrits par lui au temps où il était journaliste. Elle a même déniché, sur YouTube, un reportage télé le montrant (avec une barbe). Par contre, assez étrangement, elle n'a rien trouvé de récent... que des choses datant de dix ans ou plus. Pourquoi? L'éditeur du *Cratère* n'a-t-il rien fait de ses dix doigts ces dix dernières années? Lili a bien tenté de lui poser la question, mais elle n'a obtenu de lui que de vagues histoires de voyages pour se «ressourcer» et se «recentrer sur l'essentiel».

— J'en conviens, pour le visuel... ça frappe! poursuit Fortan. Et ce n'est certainement pas le plus confortable des véhicules de ce côté-ci de l'Atlantique, mais bon... il roule!

Ouais. Cela reste encore à prouver.

— Faites pas ces têtes-là, reprend Fortan. Allez, on embarque!

— Attendez! lance Simon. On devrait prendre une photo avant de partir.

— T'as raison, plaisante Yann Dioz. Si on ne revient pas vivants de ce voyage en bus, ça fera au moins un souvenir pour nos parents!

Simon installe son trépied et y fixe son appareil photo. Le dos courbé, un œil dans le viseur et la main sous l'objectif, il cadre l'image et dirige les opérations.

— O.K. Collez-vous encore un peu!

En rang d'oignons, tout le monde se resserre.

— Ça v-v-v-va p-p-p-p-pren-dre en-c-c-c-c-ore du temps? grelotte Laurence.

— Oui, dépêche, renchérit Lili. On se les gèle... poutine!

— Snnigrlllf! précise Éric-François.

— Ça vient, ça vient... dit Simon.

Il appuie sur le bouton de déclenchement automatique. *Trrrrrrrrrr...* Il a dix secondes pour rejoindre le reste du groupe et tenir la pose avant que le petit oiseau sorte.

Voilà d'ailleurs une autre expression intéressante. Pourquoi les photographes disent-ils qu'« un petit oiseau va sortir »? Ici, par contre, les spécialistes ne s'entendent pas sur l'origine exacte de cette expression. Dans les faits, il s'agit surtout d'une formule utilisée pour attirer le regard des enfants vers l'objectif. Les photographes pourraient tout aussi bien dire: « Le chihuahua à poils longs va sortir » ou encore « L'avion bimoteur va sortir ». Mais « le petit oiseau », c'est plus court...

— Préparez-vous ! ordonne Simon. Dites :
« *Cheeese !* »

Et tout le monde d'y aller d'un long
cheeeeeeeese (sauf Yann Dioz, qui lui dit
« fromage »).

Trrrrrrrr... Clic !

— C'est fait ! dit Simon en se levant.

— Brrrr... je ne sens plus mes orteils,
annonce Lili en se précipitant dans l'autobus.

— Sniff**rrbblll** ! soutient pour sa part
Éric-François.

Tour à tour, les élèves entrent dans le
véhicule. Premier constat : l'intérieur est
composé de quatre rangées de deux bancs
qui semblent aussi confortables que des
planches de bois.

— Je l'ai dit la première : c'est moi qui suis
au fond ! crie Laurence en bousculant tout
le monde.

Simon et Lili choisissent l'avant-dernier
banc. À cause de la différence de température entre le dehors et le dedans, les lunettes
de nos deux amis ont les verres givrés. Voilà
une joie de l'hiver que seuls les propriétaires
de lunettes peuvent expérimenter. Pendant
que Simon et Lili remédient à la situation,
Yann et Éric-François évaluent la rangée du
centre.

— Du veux d'asseoir brès de la venêdre ?
demande Éric-François, enrhumé.

— Non, tu peux y aller, répond Yann.

— Vas-y zi du bréfères. Ça de be dérange
bas...

— Moi non plus, vraiment... Après toi !

Alors que les deux garçons s'embourbent dans leurs bonnes manières, Kim s'installe, seule, dans la rangée d'en avant.

Fortan entre le dernier, retire son chaud parka beige, l'enroule dans le porte-bagages et pose ses fesses sur le siège du chauffeur. Sous son poids, les ressorts couinent comme ceux d'un vieux matelas. Il met le contact.

Brrrriiiiiiiiiuuuuuuuuuuuuu...

Le moteur vrombit, puis s'étouffe net.

— Normal. À son âge, il a besoin de se réchauffer un peu...

Fortan remet le contact. Cette fois, le moteur tousse, pète, crache, ronchonne, mais finit par démarrer.

Brrrriiiiiiiiiibombombombom...

Ce véhicule en est à ses derniers milles, chers amis. Sa mécanique souffre d'arthrite, ça s'entend. Fortan allume une petite chaufferette près du pare-brise. Elle sonne comme une violente crise d'asthme.

— Gorges-Profondes dans trois heures ! lance-t-il en refermant la porte coulissante.

— Bince, dit Éric-François, z'est la bremière vois que je vais auzzi loin de Grise-Vallée...

— C'est vrai ? répond Yann. Alors, tu es sûr que tu ne préférerais pas être assis du côté de la fenêtre ?

— Non, berci... J'ai déjà bal au cœur.

④ L'autoroute de l'ennui

16 h 35.
La même journée, mais au crépuscule.

Champ/ferme/champ/ferme/ferme/champ/
village/église/cimetière/champ/ferme/
champ/ferme/village/église...

Simon a la tempe collée à la fenêtre du minibus. Le paysage est aussi monotone qu'un vieux documentaire polonais sur l'agriculture. Et ça n'ira pas en s'améliorant : la nuit tombant, le panorama ne sera bientôt plus qu'un drap noir picoté par les lumières des lampadaires.

Simon se redresse. Il caresse sa lettre pour Lili dans sa poche. Ce serait un bon moment pour la lui donner. Ou peut-être pas. Il pourrait aussi attendre à l'hôtel...

Les autres passagers sont dans un état quasi végétatif. Leurs corps mous cahotent au rythme des bosses de la route. Ça somnole solide. Les paupières mi-closes, Simon regarde autour. Ses yeux croisent ceux de Charles Fortan dans le gros rétroviseur à l'avant du bus. L'éditeur le fixe intensément. En voilà au moins un qui n'est pas endormi (et ça tombe bien, puisqu'il conduit). Fortan vise Simon avec son regard perçant sous ses sourcils en broussaille. Pourquoi a-t-il les yeux braqués sur lui et non sur la route (puisqu'il conduit) ?

— As-tu une idée pour notre prochain article? demande Lili en lui donnant un coup de coude.

Honnêtement, Simon n'y a pas pensé un tiers de seconde. Avec la tache qu'il a dans l'œil, disons qu'il a la tête ailleurs. Ça se comprend.

— J'imagine qu'on trouvera une idée au congrès...

— Sans aucun doute, confirme Fortan en s'insinuant dans la conversation. Vous rencontrerez ce week-end des gens fascinants. C'est le seul moment dans l'année où des journalistes qui ont vécu tous les événements notables des dernières décennies sont réunis... Si vous ne trouvez pas là quelqu'un qui a deux ou trois histoires croustillantes à raconter... je démissionne!

Dans le rétroviseur, les yeux de Fortan sont d'un bleu pétillant.

— Peut-être qu'on pourrait faire un compte rendu du congrès, suggère Lili.

— Pourquoi pas! Vous verrez sur place, répond Fortan. Bon! Un peu de musique?

Du bout des doigts, Fortan tourne le gros bouton du syntoniseur de l'antique radio à la recherche d'une station écoutable.

— *Zchzzzzigggzzzfait un petit zéro degré partout surzzzzgggzzzchizchizque des succès sans interruption publitairzzzzzzggzzzzbrigiiiiiiiiibzzzzz... « Les matins se suivent et se ressemblent / Quand l'amour fait place au quotidien... »*

— Ah… voilà ! Du bon vieux Joe Dassin, se réjouit-il.

Il monte le son et se met à siffloter cette joyeuse ritournelle remplie de guitare et de piano intitulée *Salut les amoureux !*

— « *Une simple histoire comme la nôtre est de celles qu'on n'écrira jamais… »*

La chanson sort tout le monde du coma. Sauf Yann Dioz, qui roupille profondément. Laurence a prévu le coup (ce qui dans son cas est assez surprenant) : elle s'insère les écouteurs de son iPod contre les tympans et ferme les yeux.

— « *On s'est aimés comme on se quitte / Tout simplement sans penser à demain / À demain qui vient toujours un peu trop vite… »*

— As-tu lu ton horoscope ce matin ? lance Lili à Simon en replaçant une mèche derrière son oreille.

— Comme d'habitude : non, répond Simon.

Lili fouille dans son sac et trouve son édition du *Tribun*. Elle l'ouvre, retire les circulaires encartées, le plie, le déplie, le replie. Pas facile de lire un journal en autobus. Après cinq minutes d'origami, elle arrive enfin à consulter confortablement la rubrique de Mme Stella…

— Alors, voici ton signe…

 VERSEAU Quelque chose vous dérange, il faudra s'en occuper. Une rencontre pourrait vous aider à voir plus clair dans le brouillard.

Simon ne dit rien.

— Tu ne dis rien ? demande Lili.

— Euh...

— Ton horoscope te parle. Je me trompe ?

Ah, Lili et son intuition toujours dans le mille ! Bien sûr que cet horoscope lui parle. Ce qui le dérange, c'est sa fichue mouche dans l'œil.

— C'est un hasard, rétorque Simon en regardant dehors.

La radio continue de ne pas se taire. Joe Dassin a toutefois cédé l'antenne à un animateur trop heureux d'être content.

— *Booooooooooon retour à la maison à tous nos auditeurs ! Le mercure est à un. On annonce pour demain du soleil et un maximum de deux degrés. On s'habille chaudement avant de sortir et on apprécie les derniers jours de ce bel automne en réécoutant le meilleur de la musique qu'on aime réécouter à Radio Mélo, la station des hits d'hier et d'aujourd'hui...*

Les animateurs de radio possèdent un don. Ils voient du beau dans ab-so-lu-ment tout. Il pleuvrait des chaudières de grêlons, avec des rafales à 100 km/heure, et ces gens-là trouveraient quelque chose de positif à dire sur la température. Pour en connaître quelques-uns personnellement, je peux affirmer sans me tromper que les animateurs de radio ne sont pas toujours aussi joviaux dans la vraie vie. Ils jouent un rôle. Voici ce qu'un d'entre eux m'a déjà expliqué : « L'auditeur qui est coincé dans un bouchon de circulation, qui a un boulot emmerdant ou des problèmes d'argent, il ne veut pas entendre parler des problèmes dans le monde. Il veut entendre quelqu'un qui lui dira que tout va bien, que tout est beau, que tout est plaisant. Ça, c'est mon travail. »

— ... *Et on se propulse dans le passé pour se réchauffer un peu. Il faisait fondre les femmes en 1983 : Lionel Richie avec son succès* Hello...

Et la voix moelleuse du chanteur de susurrer...

— « *I've been alone with you inside my mind / And in my dreams...* »

— Pourquoi t'es allé voir l'optométriste, hier ? reprend Lili. Tu ne vois plus clair ? remarque-t-elle en faisant référence aux prédictions de Mme Stella.

Simon baisse la tête et croise les bras.

— Rien.

— Rien ? Vraiment ?

— « *Hello, is it me you're looking for ? / I can see it in your eyes...* »

Simon inspire profondément.

— J'ai... j'ai un point noir dans l'œil, admet-il après un silence.

— Hein ? Montre...

Simon se tourne vers Lili et baisse ses lunettes pour lui faire voir la marque dans son iris.

— Poutine ! Qu'est-ce que t'as là ?

— L'opto ne le sait pas. Il pense que c'est peut-être un problème lié au cerveau.

— Quoi? Un truc grave?

— Il veut me revoir la semaine prochaine.

— Et?

— Et on verra...

Lili n'ose pas poursuivre son interrogatoire. Elle comprend que le sujet est délicat. Simon regarde ses genoux. Trois minutes passent.

À la radio, la ballade sirupeuse est remplacée par l'insupportable voix d'un annonceur.

— *Ici Gilbert pour vous dire qu'aujourd'hui et demain SEULEMENT, c'est la mégavente d'inventaire chez Ameublement Paré sur l'autoroute 14. TOUT DOIT PARTIR! Deux causeuses pour le prix d'une. Un réfrigérateur de marque Dynamic Freeze au prix RIDICULE de 899,99 dollars. C'est du JAMAIS VU! Payable en vingt-quatre versements, toujours à zéro pour cent d'intérêt. Ne manquez pas ça, aujourd'hui et demain chez Ameublement Paré... où l'on fait rimer « service » et « bas prix » depuis 1973!*

L'atroce pause-pub parvient à tirer Yann Dioz de son sommeil.

— Hein? Que? Quoi?

À côté de lui, Éric-François est verdâtre. Visiblement, la route ne lui fait pas. Remarquez, il n'était pas dans son assiette avant même de partir. Disons-le: plus la conférence approche, plus il sait qu'il aura à parler en public, et plus notre grand maigrichon dépérit.

— Un peu de silence, ça vous va ? suggère Fortan en regardant le groupe à travers son rétroviseur.

Laurence, toujours branchée sur son iPod, n'a rien entendu. Kim s'en fiche. Yann Dioz menace de se rendormir. Éric-François, ses gros yeux de poisson fixant la banquette devant lui, se concentre pour garder le contenu de son estomac à l'intérieur de son estomac, justement.

— Tu peux éteindre, dit Lili en regardant Fortan dans le rétroviseur.

— Ça va pour toi aussi, Simon ? demande-t-il.

— M'dérange pas, j'l'écoutais pas.

Fortan éteint la radio. Silence. Simon retourne dévisager le paysage.

— Je pense que je vais piquer un somme... dit-il en bâillant.

— Toi aussi ? demande Lili.

— Oui, j'ai mal dormi la nuit dernière...

Simon range ses lunettes dans son étui et colle son front à la fenêtre. Le regard perdu dans le panorama répétitif et le corps bercé par les bosses de la route ; tout est en place pour que Simon atteigne très vite le pays des songes...

Champ/champ/ferme/champ/champ/ ferme/village/église/champ/tout est noir/ tout est blanc...

De retour dans ce lieu trop éclairé, brillant comme un soleil de midi. Simon ne voit que de la blancheur. Il est assis sur une sorte de banc, paralysé, les mains collées sur les genoux.

Tout vibre autour. Sans parvenir à relever la tête, il distingue tout de même Lili. Devant lui. Les espadrilles bleues qu'elle porte toujours.

Tout vibre encore. Soudain, le corps de Lili s'affaisse sur le côté. Elle est morte. MORTE!

Simon est terrorisé. Un sirop de frayeur coule dans ses veines. Il détourne le regard du corps de Lili. Mais tout juste à côté, il voit autre chose. Une ombre. Une masse. Quelque chose, ou plutôt... quelqu'un. Oui, quelqu'un est assis à côté de Lili...

Simon cligne des yeux deux fois. Non, il ne rêve pas. Enfin, il rêve, oui, mais il ne rêve pas ce qu'il rêve en ce moment. Vous comprenez?

La personne à côté de Lili a aussi un air cadavérique. Sa grande bouche est entrouverte et il s'en échappe un long coulis de bave. Il porte l'uniforme de la Coop de téléphone de Grise-Vallée ainsi qu'une drôle de perruque frisée noire tout de travers. Un homme. Qui est-ce? Et que fait-il là?

— Simon! Réveille-toi! On est arrivés!

Une main sortie de nulle part lui secoue l'épaule. Il cligne des yeux. Il a changé de lieu. C'est la nuit. Devant lui se dresse un immense bâtiment de ciment éclairé par des centaines de projecteurs aux faisceaux blanc, jaune, vert, rouge. Il tourne encore la tête...

— Réveille-toi !

Lili est à douze centimètres de son visage. Simon a un mouvement de recul. C'est bien elle qui lui secoue l'épaule. C'est bien elle qu'il vient tout juste de voir aussi peu vivante qu'un client de la morgue.

Simon plonge la main dans la poche de son manteau et en ressort son étui à lunettes. Il remet ses verres. Tout redevient net. Il est de retour dans le minibus.

— On est arrivés ! dit Lili.

— Hôtel des Portes d'eau... terminus ! Tout le monde descend ! lance Charles Fortan en stoppant le véhicule.

Simon se relève. Son cœur bat vite. Un arrière-goût de cauchemar traîne dans sa bouche.

— Tu... tu... es là, balbutie-t-il en s'adressant à Lili. Tu... tu... es en vie...

— Euh... oui. Ça va, toi ?

⑤ L'hôtel qui avait poussé nulle part

19 h 44.
Ce chapitre vous souhaite un séjour inoubliable.

— Vous vous attendiez à quoi ? À un camp de bûcherons ? plaisante Fortan en regardant par le rétroviseur les visages ébahis de ses passagers.

— Z'est géant ! lance Éric-François, le nez collé sur la fenêtre du minibus.

Évidemment, aucune construction humaine à Grise-Vallée n'arrive à la cheville de ce chef-d'œuvre architectural dont la grandeur impose le respect.

— Eh oui... fait l'éditeur du *Cratère*. L'Hôtel des Portes d'eau est si vaste qu'il possède son propre code postal. Ce que vous voyez là, c'est deux mille deux cents chambres, une grande salle de bal, un théâtre, un musée de voitures antiques, une boutique de souvenirs, un centre d'entraînement, un chic restaurant français, un buffet chinois, une crêperie bretonne, un pub irlandais et un authentique spa finlandais...

Tandis qu'il énumère les multiples services de l'hôtel, l'éditeur remet son parka beige. Il saute ensuite hors du véhicule. Dans le parking, il s'adonne à quelques étirements afin de déplier sa colonne vertébrale malmenée par cet interminable trajet sur un siège mal ajusté. Pendant ce temps, le reste du groupe le rejoint sans quitter des yeux l'immense édifice. Tous ont l'impression d'être débarqués au pied d'une des merveilles du monde.

— Il y a même une piscine à vagues sur le toit, conclut-il.

— C'est vrai? On peut y aller? demande Yann.

— On verra... rétorque Fortan.

Fait de ciment blanc, l'hôtel doit avoir au moins vingt-deux étages. Il a la forme d'un croissant enroulé dans des rubans de fenêtres teintées noires. Et l'entrée... majestueuse! Dans le creux du demi-cercle, une chute se jette du toit et se fend en deux à la hauteur du portail. Des portes d'eau... Cet hôtel porte bien son nom.

— Mais... Pourquoi avoir construit ça ici, dans ce village perdu? ose demander Lili.

Excellente question. Gorges-Profondes n'est pas tout à fait ce que l'on pourrait appeler une mégapole. Ce n'est même pas une ville digne de ce nom. Imaginez plutôt une paroisse d'à peine mille âmes, cernée par deux heures de forêt noire. Quelle curieuse idée d'avoir planté là, au milieu de nulle part, un tel complexe hôtelier...

— Bah, répond Fortan. Vous ne me croiriez pas si je vous racontais la véritable histoire de cet hôtel.

— Vas-y ! insiste Simon.

— D'accord. C'est une histoire complètement absurde, mais véridique. L'Hôtel des Portes d'eau est un pari.

— Quel genre de bari ? demande Éric-François (dont le rhume est toujours aussi audible).

— C'est un milliardaire, dont le nom m'échappe, qui a parié avec un ami qu'il était possible d'attirer des touristes n'importe où : il suffisait de construire un hôtel. Notre homme aurait été inspiré par un film de Kevin Costner intitulé *Le Champ des rêves*. C'est l'histoire d'un fermier perdu quelque part aux États-Unis qui installe un terrain de baseball dans son champ de maïs après qu'une voix dans sa tête lui a dit : « Si tu le construis, il viendra. » Une fois le terrain construit, les joueurs fantômes d'une équipe professionnelle de baseball se mettent à y jouer. Tout cela pour dire que notre milliardaire était convaincu que si on bâtissait quoi que ce soit de grandiose, les gens iraient.

— Et c'est à Gorges-Profondes qu'il a décidé de construire son hôtel ? coupe Lili.

— Exact, ajoute Fortan. L'histoire dit qu'il a lancé une fléchette sur une carte du monde. C'est sur Gorges-Profondes qu'elle s'est plantée.

— Il a été chanceux. Il aurait pu tomber sur un lac, observe Simon.

— Et il a gagné zon bari ? demande Éric-François.

— Et comment ! Depuis son ouverture, l'Hôtel des Portes d'eau affiche toujours complet.

Sur ces mots, Charles Fortan soulève sa valise et s'élance vers le grandiose édifice d'un pas décidé. Au bout d'une seconde, par contre, il stoppe net, tel un chien au bout de sa laisse. Puis, il se retourne lentement vers le groupe, l'air un poil embêté...

— Ah, oui... j'oubliais un petit truc, dit-il en se massant la nuque. Ne soyez pas surpris par ce que vous entendrez ce week-end... Ici, tout le monde pense que je suis mort.

Et sans élaborer davantage sur cette déclaration ô combien inattendue, Fortan reprend sa marche vers l'hôtel, ne laissant derrière lui que des points d'interrogation.

Mort, mais pourquoi ? Lili interroge Simon du regard. Éric-François hausse les épaules en se retournant vers Yann qui, lui, échange avec Kim des sourcils perplexes tandis que Laurence contemple le superbe hôtel. Son iPod toujours en marche, elle a tout raté de ce qui vient de se passer. Tant pis pour elle. Réalisant que les autres la dévisagent, elle retire un écouteur.

— Quoi ? dit-elle.

— Rien, ironise Lili. On est arrivés à l'hôtel et, ce week-end, on participe au Congrès des journalistes. C'est tout.

— Ha. Ha. Ha. Je me marre, grimace Laurence en remettant ses écouteurs.

Le hall d'entrée de l'hôtel, comment le décrire... Imaginez l'endroit le plus chic que vous ayez vu dans votre vie et multipliez-le par trois. Ici, la richesse sue des murs.

Pour le décor, on a dépensé sans compter. Un tapis rouge et or probablement tissé à la main. De riches boiseries partout. Deux bras d'escalier de marbre grimpant jusqu'à une balustrade avec garde-corps en chêne qui surplombe le lobby. Au plafond, un lustre de cristal qui doit coûter les yeux de la tête.

L'équipe du *Cratère* n'en peut plus de s'émerveiller devant cette exagération de luxe.

Bien entendu, Simon s'empresse de mitrailler l'endroit avec son appareil photo. *Clic!* Une statue de bronze représentant un jeune garçon qui tient un plateau de bonbons. *Clic!* Un espace de détente équipé de fauteuils en peau de léopard, de zèbre, de tigre. *Clic!* Une colonne finement sculptée. *Clic!* Un superbe vitrail décoratif représentant des fougères couleur vert bouteille.

La tête dans les airs et la bouche ouverte, comme des gamins dans une boutique de friandises géantes, le reste de la bande avance jusqu'au comptoir de l'accueil, ne sachant trop où poser le regard.

— Bonjour-et-bienvenue-à-l'Hôtel-des-Portes-d'eau-Mon-nom-est-Valérie-Comment puis-je-vous-aider-aujourd'hui? leur dit d'un trait la préposée à l'accueil.

La jeune femme, dans la mi-vingtaine, typiquement blonde, arbore un sourire de Miss Météo. Elle porte l'uniforme officiel des employés de l'établissement (tailleur bleu royal, fichu de soie mauve métallique noué au cou). Mais surtout, elle parle comme une véritable machine à vaporiser de la politesse.

— Pourrais-je-voir-vos-réservations-je-vous-prie ? demande-t-elle.

Fortan lui remet une feuille de papier.

— C'est-votre-première-fois-chez-nous ? reprend-elle tout en entrant les données dans son ordinateur.

— Euh... oui, enfin pour les jeunes. Moi, j'ai déjà...

— Voici-vos-cartes-magnétiques, coupe-t-elle sans attendre la fin de la réponse de Fortan (il s'agissait d'une question pour la forme, au fond). Vos-chambres-sont-au-sixième-étage-Désirez-vous-qu'on-vous-aide-avec-vos-bagages ?

— Non, merci.

— Parfait-Si-vous-avez-besoin-de-quoi-que-ce-soit-mon-nom-est-Valérie-N'hésitez-surtout-pas-à-m'appeler-Sur-ce-je-vous-souhaite-un-inoubliable-séjour-parmi-nous.

Fortan se retourne et distribue les cartes au groupe.

— Alors, les gars, vous logerez dans la chambre 607, et les filles, juste devant, dans la 609. Moi, je serai dans la 606.

Avouez-le : vous pensiez que Simon et Lili allaient partager la même chambre, je me trompe ? Dans vos rêves, chers amis. Nous sommes, je tiens à le rappeler, dans un cadre scolaire. Et le cadre scolaire est strict. En ce qui concerne les lieux intimes, une seule règle prime : les gars avec les gars, les filles avec les filles.

— J'oubliais, s'empresse d'ajouter la préposée à l'accueil. Nos-ascenseurs-sont-en-réparation-pour-un-petit-moment-encore-Je-suis-désolée-Il-vous-faudra-prendre-les-escaliers.

— Ah bon ? Dans ce cas, je ne dis pas non à ce qu'on nous aide avec nos bagages, dit Fortan.

— Parfait-Dans-ce-cas-je-vous-envoie-le-chasseur !

Un chasseur ? D'un signe de la main, la préposée appelle quelqu'un derrière le groupe. Qu'est-ce qu'un chasseur a à voir là-dedans ? Simon se retourne et examine de la tête aux pieds l'individu qui s'approche d'eux. Il n'a ni moustache, ni chemise à carreaux, ni bottes de caoutchouc, ni carabine flanquée sur l'épaule. Bref, il n'a rien d'un chasseur, mais tout d'un étudiant aux grandes oreilles qui travaille à l'hôtel pour payer ses études en informatique.

— Je suis le chasseur, lance-t-il d'une voix nasillarde. Puis-je prendre vos bagages ?

Nos grands-mères ont bien raison : on en apprend vraiment tous les jours. Eh oui, dans un hôtel, le chasseur est un employé «chargé de rendre de menus services à la clientèle».

Plus tard, Simon apprendra aussi qu'au chasseur il faut donner un pourboire...

Q

Chambre 609. Pendant que le chasseur s'occupe des valises, Lili reste dans l'embrasure de la porte et découvre l'endroit où elle et hélas! Kim et Laurence dormiront pour les deux prochaines nuits.

Les murs sont d'un jaune cheddar, une couleur qui fait admirablement bien ressortir les meubles en acajou. De chaque côté des deux lits doubles, d'imposantes lampes sur pied en cuivre hyper lustré, coiffées d'abat-jour en verre soufflé. Au-dessus du bureau, une grande toile représentant un paysage hivernal.

Sans la moindre délicatesse, Laurence bouscule Lili et s'empresse de se faufiler à l'intérieur.

— Je l'ai dit la première: c'est moi qui dors seule dans mon lit, déclare-t-elle, aussitôt entrée.

Il y a deux lits, elles sont trois. Laurence a fait une équation mathématique simple: une des trois dormira seule. Comme elle l'a dit la première, difficile de le lui refuser. C'est la loi du «premier qui le dit». Oh, Lili pourrait facilement contourner ce grand principe de l'harmonie en société. Elle pourrait s'inventer une bonne excuse pour dormir seule. Par exemple: «je dois dormir seule à cause de ma religion» ou «j'ai des verrues contagieuses».

Mais à quoi bon?

— J'aurais pensé que vous voudriez dormir ensemble, tente-t-elle malgré tout. Vous êtes les meilleures amies du monde, après tout!

— Pfff! Moi, amie avec ELLE? objecte Kim. Allô?

— Depuis quand êtes-vous en chicane? C'est à cause des mots de la conférence? demande Lili.

— Ça? C'est seulement l'étincelle qui a fait déborder le vase...

Laurence s'installe sur son lit, tapote les oreillers et teste les ressorts du matelas. Puis elle confirme le bon fonctionnement de la lampe de chevet en l'allumant et en l'éteignant quatre fois de suite.

— Madame est juste jalouse que je sois plus populaire qu'elle, lâche alors l'échalote sur un ton délicieusement prétentieux.

— Pardon? fulmine Kim. Lili, peux-tu faire le message à la cruche qui émet des sons à côté de toi qu'elle est pas populaire du tout... TOUT LE MONDE LA DÉTESTE, MOI INCLUSE!

— Poutine! fait Lili en s'interposant entre ces deux débuts d'ouragan. On vient d'arriver... Vous ne pourriez pas attendre d'être revenues à Grise-Vallée pour laver votre linge sale en famille?

Deux amies pour la vie qui, du jour au lendemain, ne peuvent plus se sentir même en peinture, ce sont des choses qui arrivent, malheureusement, très souvent...

— Lili, tu diras à la chose mauve à côté de toi que je la connais plus.

$$Q$$

Cela ne fait pas une minute qu'ils sont dans leur chambre que Yann est déjà posté devant la télé à écran plasma. Télécommande en main, il confirme à ses deux colocataires :

— Sapriche ! Ils ont toutes les chaînes... même le Canal Kaboom !

Pour ceux que ça intéresse, le Canal Kaboom est une chaîne spécialisée dans les démolitions en tous genres : documentaires sur le dynamitage de ponts, films de tremblements de terre, *derby* de démolition. Le slogan de la chaîne est, bien sûr : « Si ça casse, ça passe ! »

Pendant que Yann est absorbé par une émission sur la mise à la ferraille de voitures de luxe, Éric-François, quant à lui, termine l'inspection de la salle de bain. Il en ressort ravi.

— Sniffrl, renifle-t-il. L'hôdel fourdit même la cire à chauzures... Je beux la garder ?

— Si ça peut te faire plaisir, dit Simon en accrochant son manteau sur un cintre.

Sa lettre pour Lili glisse alors de la poche et tombe sur le tapis. Il la ramasse aussitôt.

Il ne voudrait pas que des yeux indiscrets (lire : Yann ou Éric-François) la lisent. On se moquerait de lui solide. Je sais ce que vous vous dites : il serait grand temps qu'il la donne à Lili.

Sur l'écran plasma, une grue soulève une Jaguar jaune banane et la laisse tomber dans un énorme compacteur. Elle en ressort sous la forme d'un vulgaire cube de tôle tordue.

Simon referme la porte coulissante de la penderie. Il se retourne et tombe sur un miroir qui ne lui renvoie rien d'autre que ce qu'il est. Il s'approche de son reflet.

Saleté de tache.

Et si elle devait ne jamais s'effacer ? Et s'il était condamné à avoir une ombre noire dans son œil pour le restant de ses jours ?

Simon s'écrase dans un lit et fixe le plafond.

Saleté de saleté de tache.

$$Q$$

Sitôt entré dans sa chambre, Charles s'est effondré sur le lit sans même prendre le temps de retirer ses chaussures. Ces trois heures de route sur un siège mal ajusté auront sapé toutes ses réserves d'énergie.

— Ooooouuuuuuuuufffffffpppfffffmmmmm... gémit-il.

Des oreillers ultraconfortables, un matelas moelleux comme une tranche de pain blanc, des draps blancs qui sentent la lavande ou quelque chose du genre... Tout est en place pour procurer un vrai sommeil réparateur. Mais Charles ne s'endort pas. Il scrute le plafond, puis se retourne sur le côté en repliant les jambes vers l'arrière. C'est invisible à l'œil nu, mais l'éditeur du *Cratère* a l'esprit tourmenté.

Mais, qu'est-ce que je vais raconter? Bien entendu, il se doute que sa présence au congrès ce week-end ne passera pas inaperçue. Tous ses amis journalistes, anciens patrons, collègues et vagues connaissances seront là. Et tout le monde le croit mort depuis des années.

Mais, qu'est-ce que je vais bien raconter?

Fortan n'a jamais eu l'intention d'inventer son décès pour attirer l'attention. C'est plutôt par défaut qu'on a cru à sa mort. Quand quelqu'un disparaît sans donner de nouvelles pendant huit longues années, il faut avoir l'espoir bien accroché pour le croire encore en vie.

Charles éteint sa lampe de chevet. Il sait qu'il se prépare à un long week-end, où il devra répondre à un demi-milliard de questions. Peut-on s'attendre à autre chose lorsqu'on réapparaît comme par miracle... à un congrès de *journalistes*? Poser des questions... c'est le métier de ces gens-là!

Vouloir passer inaperçu ici est aussi improbable que pour une fanfare de traverser une bibliothèque municipale sans déranger personne.

Mais qu'est-ce que je vais bien raconter ?

Charles devra forcément dire où il a passé ces huit dernières années. Mais il mentira. Car la vraie de vraie raison de sa disparition, il ne pourra jamais en parler à personne. Jamais.

À personne.

La plupart des mauvais rêves se déroulent dans l'obscurité d'un sous-sol, d'un cimetière, d'une forêt hantée, bref, des lieux où les ténèbres étouffent. On y rencontre des personnages maléfiques qui surgissent de l'ombre. Vous avez déjà fait un cauchemar, non ? Alors, vous savez de quoi je parle.

Le cauchemar de Simon n'a rien d'un cauchemar ordinaire. Tout est clair. Tout se déroule sous la lumière crue. Rien n'est caché. C'est pire encore que la noirceur. Car on voit tout.

Simon sait qu'en ouvrant les yeux il verra les espadrilles bleues que Lili porte toujours. Il sait qu'il la trouvera morte, affaissée sur le banc d'en face. La langue sortie. Le regard blanc. Il sait ce qu'il verra.

Alors, il garde les paupières scellées et attend que passe ce mauvais moment.

Soudain, à sa droite, Simon sent un frottement. Son bras. Son épaule. Quelque chose l'effleure ! Quelques secondes plus tard, la légère sensation se change en pression. QUELQUE CHOSE DE LOURD S'APPUIE SUR LUI !

Et en plus, ce quelque chose pue le lait laissé trop longtemps sur le comptoir.

Simon n'en peut plus, il ouvre un œil. Un regard de trop.

À côté de lui, à un centimètre de son visage, il voit...

— AAAAAAAAAAAAAHHH !

N'étaient les chiffres électroluminescents du radio-réveil indiquant 3:12, la chambre 607 serait plongée dans l'obscurité totale. Simon est dans son lit. Ses draps sont humides. Il confirme en tâtant le matelas qu'il s'agit bien de sueur. Quelle honte cela aurait été pour lui d'avoir fait pipi au lit, ici, dans cet hôtel. Cela fait des années qu'il ne mouille plus sa couchette, mais un accident après un cauchemar de la sorte... ça fait partie des choses qui arrivent.

— Zimon, za va ? demande de sa voix enrouée Éric-François, qui dort (enfin, *dormait*) dans le lit d'à côté.

— Zzzzzzzrrrflllllllilililililili, ajoute Yann.

— Je fais le même cauchemar depuis quelques semaines... Mais cette fois, il y avait, juste devant moi, le visage d'un mort-vivant. Un vieux monsieur. Il avait la gueule grande ouverte. De la bave. Des yeux morts. Et il sentait le cadavre, solide.

— Qu'est-ce que za sent, un guadavre ? demande Éric-François.

— Ben... il puait la décomposition.

— Relaxe, mon bote. Il n'y a pas de guadavre dans le plaguard.

Éric-François se redresse dans son lit. Il a les cheveux dressés comme la paille sur la tête d'un épouvantail. Simon se lève et se rend à la salle de bain. Il se passe une débarbouillette d'eau froide sur le visage. Devant le miroir, il en profite pour regarder son œil.

Sa tache a grossi. Elle touche maintenant le haut de son iris, formant une minuscule péninsule dans la mer brune de son œil.

— J'ai lu un druc guelgue bart à brobos des guauchemars, dit Éric-François en le rejoignant pour se servir un verre d'eau. Il paraîtrait qu'ils zont guausés bar un choc vécu dans le bassé. Un druc indense, du genre : quelqu'un qui a failli mourir dans un accident d'avion rêve gu'il z'écrase en avion. Pour bouvoir fonctionner dormalement, le zerveau chercherait à « oublier » le draumatisme. Mais guand la bersonne est endormie, l'inconscient ramène ze zouvenir zous la forme d'un guauchemar...

— Ah bon...

— T'as vécu guelgue chose de grave ?

— Il n'y a rien qui me vienne à l'esprit.

— Remarque, il y a peut-être une autre explication. Zertaines bersonnes ont des guauchemars quand elles ont du bal à digérer. Tu brendrais un antiacide? J'en ai dans bon sac, je bense...

Et le chroniqueur se met à fouiller dans le petit sac de voyage qu'il a laissé dans la salle de bain.

— Binze... Il est où?

Éric-François est un spécimen rare. D'abord, ce garçon est une éponge à connaissances. Et en prime, il n'hésite jamais à presser cette même éponge pour verser son savoir là où on en a besoin. On a tendance à oublier les héros discrets de la race d'Éric-François, mais croyez-moi, si vous en avez un dans votre entourage... remerciez-le de temps en temps.

— Merci, Éric-François, dit Simon. Ma digestion va bien. Faut seulement que je dorme un peu. Grosse journée demain.

⑥ L'inoubliable déjeuner du lendemain de la veille

Le lendemain matin, l'équipe du *Cratère* au grand complet s'est retrouvée au restaurant de l'hôtel pour le petit déjeuner.

Lili a pris des œufs brouillés, Simon du pain doré, Éric-François des croissants, Laurence un yogourt aux fruits des champs, Yann des crêpes aux pommes, et la même chose pour Kim.

Charles Fortan, quant à lui, s'est contenté d'un grand café.

Et c'est en écrivant ces mots que je réalise que ce déjeuner, en fin de compte, n'est peut-être pas mémorable au point de lui consacrer un chapitre...

Passons donc sans tarder à la suite.

⑦ Mentir pour la bonne cause

8 h 54.
Salle de conférence B.
En matinée.

Il est allemand. Il est journaliste d'enquête. Il voyage à travers le monde. On le surnomme l'As du déguisement. Et ce matin, depuis presque une heure, Lili, Simon et une centaine d'autres spectateurs sont pendus à ses lèvres.

Son nom : Günter Rallwaff.

— ...et z'est à ze moment que j'ai dézidé que mon prochain coup zerait de m'infiltrer dans la zone 51, zituée dans le Nevada, aux États-Unis, explique-t-il avec un fort accent allemand. Zet endroit est interdit au grand public. Les ufologues[3] prétendent que l'armée américaine y cache une authentique zoucoupe folante profenant d'une autre planète. Z'est ce que je zaurai... zi je réuzzis à y entrer !

Rallwaff est une superstar dans le monde du journalisme. Lili avait hâte de venir l'écouter. Aussi elle et Simon ont-ils avalé leur déjeuner rapido afin d'arriver tôt à la conférence et de se garder les meilleures places. Mission accomplie : ils sont dans la première rangée.

---

3. Spécialistes des OVNIS.

Lili n'est pas déçue d'être venue. Elle n'en finit plus de noircir les pages de son carnet. Elle boit les paroles du journaliste aux traits fins et note les détails des aventures de celui qui a pris mille visages, changé mille fois d'identité pour réaliser ses reportages. Quelques exploits inscrits dans le curriculum vitae de Günter Rallwaff:

– En 1983, il s'est fait engager dans un restaurant BurgerMania. Il a dévoilé des conditions d'insalubrité intolérables (les employés crachaient régulièrement dans les boissons gazeuses, un autre a échappé par terre une boulette de bœuf et l'a tout de même remise dans le hamburger). Le jour de la publication de l'enquête, l'action en bourse de BurgerMania plongeait de 77 %.

– En 1986, il a déniché un boulot de concierge dans un asile et a découvert que des préposés organisaient des tournois de lutte entre les patients. À la suite du reportage, un préposé a été accusé de voies de fait causant des lésions.

– En 1992, il s'est infiltré parmi les membres d'un groupe terroriste qui complotaient un détournement d'avion. Celui-ci n'aura finalement jamais lieu.

– En 2002, il a trouvé un boulot de commis dans un laboratoire de tests sur les animaux. Grâce à une minicaméra logée dans la monture de ses lunettes, il a pu filmer des chercheurs en train de torturer de pauvres chimpanzés, dont le code génétique, dois-je le rappeler, est à 94 % identique à celui de l'homme. Trois de ces chercheurs ont par la suite été congédiés et poursuivis pour cruauté envers les animaux.

— Alors, j'ai zuffisamment parlé. Pazzons à la période de queztions ! lance le journaliste d'enquête au micro.

En passant, ai-je mentionné que Günter Rallwaff était déguisé en femme ? Je vous entends d'ici me demander : « Pourquoi ? » Alors, permettez-moi une parenthèse.

Un peu avant le début de l'atelier, notre as du déguisement s'est pointé dans la salle de conférence vêtu en jeune employée de l'hôtel. Avec une petite voix délicate, il/elle s'est présenté/e au micro et, bernant tout le monde, a annoncé : « Désolé de vous déranger. Nous avons trouvé un porte-monnaie. Il n'y avait pas de carte d'identité à l'intérieur, mais six billets de 100 dollars. Est-ce qu'il appartiendrait à quelqu'un parmi vous ? »

Trois personnes se sont immédiatement levées.

— C'est à moi ! C'est à moi !

Content de l'effet provoqué, Rallwaff a alors retiré sa perruque et ses faux cils de femme, révélant son habile mise en scène. Il n'y avait que des billets de Monopoly dans ce portefeuille. Tant pis pour les trois personnes prises à tenter de mettre la main sur de l'argent qui ne leur appartenait pas. Elles ont dû se sentir dans leurs petits souliers. Espérons qu'elles ont retenu la leçon.

Sinon, tout le reste de la salle a pouffé de rire. C'est alors que Günter, en reprenant sa propre voix, a dit : « Nous mentons touz. La plupart du temps, ze zont pour de maufaises raisons. Pour obtenir, par exemple, de l'argent qui ne nous appartient pas. J'ai longtemps, moi auzzi, été un menteur. Mais, voilà vingt-zinq ans maintenant, j'ai dézidé de mentir pour la bonne cause. Je mens... dans l'intérêt du public. »

Et c'est sur ces mots que Rallwaff a commencé sa conférence.

Fin de la parenthèse.

— Alors, pas de queztions ? demande une deuxième fois Rallwaff.

Parmi les participants à la conférence, tout le monde se regarde. Qui brisera la glace ? Lili ose. Une petite question lui trotte dans la tête. Elle se lève et, un peu timidement, se dirige vers le micro planté dans l'allée centrale.

— Bonjour, je m'appelle Lili Piccione, du journal *Le Cratère*. J'aimerais savoir... vous n'avez jamais été poursuivi en justice pour avoir menti, pour avoir utilisé de fausses cartes d'identité ?

— Bien zûr ! Des dizaines de fois ! répond Rallwaff en souriant de fierté. Mais aucun juge n'a encore réuzzi à me déclarer coupable. Pourquoi ? Parze que les raisons pour lesquelles je mens zont plus importantes pour la zociété que mes menzonges. Retenez zezi : il y a parfois des zituations où l'on doit mentir pour réféler ze qui est caché...

Q

9 h 44.

Charles Fortan suçote nerveusement un bonbon dur. La circulation est dense dans le lobby. Ça sent le début de congrès à plein nez. Il regarde sa montre. Sa consigne était pourtant on ne peut plus claire : « Aussitôt vos conférences terminées, on se retrouve près de la statue du garçon qui tient un plateau de bonbons. » Les conférences se terminaient à 9 h 30 et aucun membre du *Cratère* n'est encore revenu.

Fortan prend un autre bonbon.

Ce matin, tout le monde était libre d'assister à la conférence de son choix.

Comme on le sait, Simon et Lili sont allés entendre Rallwaff dans la salle B. Yann Dioz et Éric-François ont préféré la salle A, où se tenait un atelier sur le journalisme à vélo. Kim a suivi les deux garçons tandis que Laurence a assisté, seule, à la conférence de la salle C intitulée *Secrets de paparazzis*[4].

---

4. Un paparazzi est un photographe qui s'invite dans la vie privée des célébrités. Les célébrités en question ont tendance à les considérer comme des excréments humains.

Fortan tape du pied en consultant sa montre encore une fois. Assis sur un divan non loin de là, un petit homme, le front haut et la lèvre inférieure proéminente, lui jette des regards curieux. Disons-le, Fortan se fait dévisager de façon fort peu subtile. Au bout d'un instant et demi, le type finit par se lever et s'approche de l'éditeur du *Cratère*, qui en est à son quatrième bonbon.

— Charlie? C'est toi? demande-t-il.

Fortan se retourne et ausculte son interlocuteur de la tête aux pieds. Pas de doute, c'est bien lui. Beaucoup moins chevelu qu'au temps où il l'a connu, mais toujours cette bouille joyeuse, digne d'un lutin du Père Noël.

— Bob! Mais qu'est-ce que tu fous ici? lance Fortan en manquant de s'étouffer avec son bonbon dur.

— C'est à moi que tu le demandes? ET TOI? Après toutes ces années... Je te croyais mort!

Celui que Charles Fortan appelle Bob se nomme officiellement Robert Paca. Il n'a peut-être l'air de rien dans ses jeans et sa chemise blanche cernée au niveau des aisselles, mais c'est un photoreporter de calibre international. Sa spécialité: aller là où jamais personne n'est allé.

Bref, la dernière fois que ces deux-là se sont vus, c'était il y a huit ans. Et c'était dans un tout autre contexte.

— Comment es-tu sorti vivant de l'Enfer vert, mon vieux? demande Paca en secouant les épaules de son ami comme pour confirmer qu'il est bien en chair et en os.

L'Enfer vert, c'est le nom que les explorateurs ont donné à l'Amazonie. Plus de quatre millions de kilomètres carrés de jungle impénétrable, fendue en deux par le plus long fleuve du monde, l'Amazone. Un endroit où l'on peut croiser des mille-pattes de trente centimètres, des araignées grosses comme des écureuils, des piranhas, des caïmans, des anacondas. Fortan et Paca s'étaient embarqués pour un reportage qui allait connaître un revirement tragique.

Les deux hommes, accompagnés d'un guide indigène, sont partis à la recherche d'une tribu inconnue au cœur de la forêt tropicale. Une tribu « non contactée ». Oui, car on trouve encore, dans certains coins reculés de l'Amazonie, des peuplades qui vivent à l'écart de la modernité. Des hommes et des femmes qui ignorent que le monde a évolué et possède désormais des autos, des fours à micro-ondes, des imprimantes à jet d'encre et des téléviseurs HD.

C'est un de ces groupes d'Amérindiens isolés que Charles Fortan et Robert Paca voulaient retracer. Leur expédition, si elle n'avait pas si mal tourné, aurait fait un superbe reportage.

— L'Amazonie, Bob... c'est une longue histoire, répond Fortan en demeurant intentionnellement nébuleux sur les détails.

— Raconte-moi tout, TOUT !

Mais, qu'est-ce que je vais bien raconter ? se répète Charles. À Grise-Vallée, où personne ne le connaît, il a pu s'inventer une vie. Mais ici... à ce congrès, c'est clair, son passé est à deux doigts de le rattraper. Il devra jouer de finesse. Surtout si Bob s'entête à vouloir « tout » savoir. Heureusement, il aperçoit au loin Éric-François, Yann et Kim. Voilà une occasion de couper court à cette conversation embarrassante.

— Alors, la conférence ? demande-t-il en se détournant de Paca pour mieux accueillir les trois jeunes.

— Gédial ! répond Éric-François. Cet été, moi auzzi, je vais éguiber bon vélo avec un ordinadeur bordable pour bouvoir bloguer en bédalant !

— Bien, dit Fortan en regardant les deux autres.

— Euh... Charlie ? se risque Bob Paca en tirant la manche de Fortan.

L'éditeur n'a pas le temps de répondre à son ami car Laurence apparaît par-derrière en bougonnant.

— Comment étaient les paparazzis ? lui demande Fortan.

— Pffff ! Ils ont même pas parlé des stars ! Tout ce qu'ils ont fait pendant une heure et demie, c'est comparer la grosseur de leurs super-téléobjectifs ultra-rapides à 10 000 dollars. J'ai failli vomir d'ennui !

— Euh... Charlie ? répète Paca sans trop vouloir déranger.

C'est alors que Lili, son petit carnet noir en main, et Simon, son appareil photo au cou, arrivent. Ils échangent encore leurs commentaires sur la conférence de Rallwaff.

— Et ces trois types qui voulaient avoir l'argent du portefeuille... lance Simon.

— Et la fois où il s'est fait engager comme chirurgien avec un faux diplôme acheté sur le Web... renchérit Lili.

— À ce que je constate, fait Charles en les voyant, Rallwaff ne vous a pas déçus !

— Euh... CHARLIE ! dit Bob Paca en haussant finalement la voix. Qui sont ces jeunes ? Tu as des enfants, ou quoi ?

— Pas du tout, répond Fortan. Groupe, voici Robert Paca, un vieil ami photographe. Bob, voici le journal *Le Cratère*. J'ai trouvé un boulot de prof de français à Grise-Vallée, et je suis aussi devenu éditeur du journal scolaire.

— Sans blague ? rétorque Paca en étouffant un rire. Attends une minute... Tu veux dire que toi, Charles Fortan, le journaliste de la décennie, un des grands talents de sa génération, tu t'amuses avec un journal étudiant ? Je rêve ! Pince-moi !

— Ben oui, mon vieux... Il n'y a pas de sot métier. Et je t'avouerais même : j'adore ça !

En pigeant quelques bonbons dans le plateau de la statue de bronze (des provisions pour la route), Fortan se tourne vers l'équipe.

— La conférence du président débute dans moins d'une demi-heure, dit-il. On devrait tranquillement se diriger vers la grande salle de bal.

— Attendez! lance Simon en manipulant son appareil photo. Je n'ai plus de piles!

Ce qui est étrange, c'est qu'il n'est pas question ici de piles à plat. Non. Les piles sont physiquement absentes de l'appareil.

— J'ai dû les oublier dans ma chambre... reprend Simon. Attendez-moi, je reviens.

— J'y vais avec toi! lance Lili.

Les deux se dirigent vers les ascenseurs, pendant que Bob Paca reste bouche bée de voir son vieil ami recyclé en animateur d'activités parascolaires.

Q

Arrivés aux ascenseurs du lobby, Lili presse le pas.

— Vite, dit-elle en voyant que quelqu'un leur tient la porte.

Simon et elle s'engouffrent à l'intérieur de la cage, qui se referme derrière eux.

— Quel étage? demande l'homme aux lunettes de soleil qui a eu la courtoisie de les attendre.

— Sixième! répond Lili.

Le type presse sur le bouton 6 et l'ascenseur se met en marche. Au troisième, par contre... *BzzzzClic! Clac! CLAT!*

Il s'arrête dans une secousse. Les portes ne s'ouvrent pas.

— Poutine! Une panne! dit Lili.

Simon tripote les boutons du panneau de contrôle. Rien. Ne. Se. Passe.

L'épaule appuyée sur la paroi latérale, l'homme aux lunettes de soleil s'adresse aux jeunes d'une voix rauque :

— Ne craignez rien. Tout est parfaitement normal.

⑧ Quatre minutes dures à digérer

9 h 50.
Toujours la même matinée.

Comme prison, on ne trouve pas mieux qu'un ascenseur en panne suspendu au-dessus du vide et sans issue ; il y a de quoi provoquer une belle crise de claustrophobie.

Simon et Lili se serrent l'un contre l'autre tandis que l'homme aux lunettes de soleil consulte le plus calmement du monde son énorme montre chromée.

— Nous avons quatre minutes avant que l'ascenseur redémarre, dit-il.

L'inconnu passe la main dans ses longs cheveux teints en noir et renvoie sa crinière derrière ses épaules. Il n'a pas un look méga-rassurant. Une veste de cuir usée, des pommettes saillantes sous une peau coriace, un lézard tatoué courant dans son cou. On l'imagine très bien à califourchon sur une Harley-Davidson qui fait un vacarme à réveiller tout le quartier.

— Vous ne me connaissez pas, poursuit-il d'une voix altérée par des années de tabagisme. De toute façon, je suis ici pour vous dire non pas qui je suis, mais plutôt qui *vous êtes*.

Simon et Lili sont trop stupéfaits pour décoder ce qui se passe. Plaqués contre le fond de l'ascenseur, ils sont sur le qui-vive, guettant les moindres gestes de celui qui les surplombe de toute sa hauteur.

L'homme regarde sa montre. Il reste trois minutes quarante secondes.

— Vous êtes surveillés, reprend-il. Car vous êtes dangereux. Très.

— N... nous ? demande Lili, la voix chevrotante.

— Absolument. Vous êtes dangereux depuis le jour où vous avez mis la main sur le cristal qui pousse. Vous avez gratté la surface du plus grand secret du monde. Maintenant, ILS vous guettent. Et ILS feront tout pour que vous n'alliez pas plus loin.

— Qui ça, « ILS » ? demande Simon (qui ne comprend ni le début, ni le milieu, ni la fin de cette histoire).

— Nous les appelons les Hommes en beige. Ce sont les gardiens du secret. Chaque fois que quelqu'un s'en approche, ils interviennent. Méfiez-vous, ILS sont encore plus dangereux que vous.

— Mais... qui êtes-vous ? poursuit Lili en replaçant une mèche derrière son oreille.

La question mérite d'être posée. D'autant plus que cet étrange individu sorti de nulle part ne semble pas leur vouloir de mal.

— Mon nom n'a pas d'importance. Je fais partie d'un groupe nommé les Diffuseurs. Depuis des années, nous cherchons à percer le secret que les Hommes en beige tentent, par tous les moyens, de cacher.

— Mais... quel secret ? demande Lili.

— Si je le savais, je ne serais pas ici. Et vous non plus.

— Les Hommes en beige... ils vont nous tuer ? s'inquiète Simon en craignant la réponse.

— Ça m'étonnerait. Leurs méthodes sont plus subtiles. Pour se débarrasser des indésirables qui mettent le nez dans leurs affaires, ils se contentent souvent de les rendre fous à lier. C'est d'ailleurs ce qu'ils ont fait, hélas, avec Barnumans.

— Barnumans !? s'exclament les deux amis en chœur.

— Je sais, vous ne vous souvenez plus de l'avoir rencontré. Les Hommes en beige vous ont gommé la mémoire. C'est leur truc : ils modifient vos pensées et transforment un souvenir en phobie. Désormais, penser à Barnumans vous effraie tellement que votre conscient préfère oublier cet épisode de votre vie. Mais, croyez-moi, tout ce que vous avez vu chez ce vieillard est là, quelque part, dans votre tête.

L'homme aux lunettes de soleil consulte encore une fois sa montre.

— Il ne reste plus qu'une minute avant que l'ascenseur redémarre, dit-il. J'ai seulement trois conseils à vous donner pour vous éviter des ennuis.

    1) Ne parlez jamais du secret à personne. Ni à vos amis, ni à vos parents, ni à votre journal intime. À personne.

2) Soyez discrets. Si vous avez des choses à vous dire à propos du secret, trouvez un lieu sûr pour le faire : un ascenseur, un égout ou le coffre-fort d'une banque. Ce sont les seuls endroits où ILS ne peuvent pas vous entendre.

3) Et surtout, ne laissez personne vous dire quoi faire.

— Mais, rétorque Lili, est-ce que cela vous inclut ?

— Qu'est-ce que tu entends par là ?

— Vous nous demandez de ne laisser personne nous dire quoi faire. Alors, si on vous écoute, il ne faudrait pas vous écouter. Donc, si on ne vous écoute pas et qu'on fait le contraire de ce que vous nous dites, on devrait vous laisser nous dire quoi faire. Mais si on vous laisse nous dire quoi faire, alors on n'est pas en train de ne laisser personne nous dire quoi faire, comme vous nous l'avez demandé. Alors, qu'est-ce qu'on fait ?

L'homme regarde Simon, qui hausse les épaules. Il est habitué à ce genre de raisonnement typiquement lilipiccionnien.

— Je ne suis pas sûr de te suivre, répond-il un peu embarrassé, mais si tu ne veux pas m'écouter, c'est parfait.

L'énigmatique personnage consulte sa montre, encore une fois.

— Trois... deux... un...

Une légère secousse et l'ascenseur se remet en marche, comme prévu. L'homme se retourne vers les deux jeunes.

— Une dernière chose avant que je vous quitte. Je vous ai dit tantôt que les Hommes en beige vous avaient gommé la mémoire... Eh bien, chez toi, Simon, l'intervention n'a pas fonctionné à cent pour cent. Tu as une marque dans l'œil. On l'appelle la « tache des cauchemars ».

Simon regarde Lili. Il est trop surpris pour dire quoi que ce soit.

— Elle prendra de l'expansion, reprend le Diffuseur.

— Poutine ! C'est horrible ! s'exclame Lili.

L'ascenseur s'arrête au sixième étage. *Ding !* Les portes sont sur le point de s'ouvrir. L'homme aux lunettes de soleil appuie sur le bouton pour les tenir fermées encore un moment.

— Il n'existe qu'un seul traitement. Tu dois vivre ton cauchemar jusqu'au bout. Tu dois dominer la peur qui te paralyse et éviter de te réveiller. Lorsque tu auras vu la fin de ton mauvais rêve, tu auras débloqué ta mémoire et la tache dans ton œil disparaîtra d'elle-même.

— Je ne comprends pas... fait Simon.

— Fais-moi confiance, coupe-t-il. Va jusqu'au bout de ton cauchemar. Et compte-toi chanceux de me rencontrer aujourd'hui. Moi, quand on me l'a dit...

En prononçant ces mots, le grand type penche son visage à huit centimètres exactement de celui de Simon et soulève ses verres fumés.

— ... il était déjà trop tard...

Vision horrifiante. Son œil gauche est une bille sombre et luisante comme une olive noire. Cela lui donne un regard à glacer le sang. Simon se crispe. Lili pousse un petit cri.

— Hiiiii!

L'homme lâche le bouton et les portes de l'ascenseur s'ouvrent enfin. Le Diffuseur se relève, plonge la main dans sa poche et ressort deux piles AA.

— Je pense que tu en as besoin pour ton appareil photo...

Puis, il sort et marche d'un pas calme, mais pressé, dans le corridor de droite.

Les portes se referment. Lili appuie sur le bouton du rez-de-chaussée.

— Solide... Lili... Qu'est-ce qu'on fait? dit Simon, hébété.

— Je... je sais pas... Poutine!

Lili tourne en rond dans l'ascenseur. Elle respire fort. Visiblement, elle ne sait pas où se mettre, ni comment réagir. Vous réagiriez comment, vous, si un inconnu vous annonçait que vous êtes sur la piste du plus grand secret du monde?

— Poutine... Va nous falloir du temps pour digérer tout ça. Quelle heure est-il?

Simon regarde sa montre.

— 9h56.

— On doit aller à la conférence du président. Poutine... On fait comme si rien ne s'était passé, O.K.?

— O.K.

⑨ La voix du président

10 h 04.
Sacrée matinée, j'en conviens.

Quand Charles Fortan disait que la crème
de la crème du journalisme serait présente
à ce congrès, il ne mentait pas. En cet avant-
midi, c'est particulièrement crémeux sous le
plafond voûté de la grande salle de bal. L'endroit regorge de journalistes. Je n'exagère
pas en estimant qu'ils sont au moins cinq
cents. Du coup, toutes les chaises sont prises.
Les retardataires sont condamnés à rester
debout entre les allées. Quelques-uns s'ap-
puient sur une jambe pour reposer l'autre, à
la mode des flamants roses. Drôle.

— Je savais bien qu'il n'y aurait plus de
place... ronchonne Fortan en entrant dans
la salle.

Une salve de regards s'abat sur Simon
et Lili. Oui, bon... À cause d'une rencontre
imprévue avec vous-savez-qui dans l'ascenseur, nos deux amis ont accusé un léger
retard. Ce qui a mis tout le monde en rogne,
Fortan en particulier.

— Tenez, là-bas, poursuit l'éditeur. Il y a
de la place.

Son doigt montre un espace inoccupé
derrière un imposant pilier de marbre.
Une belle pièce architecturale qui possède

plusieurs qualités telles que la solidité et le raffinement. Mais pas la transparence, hélas.

— Za craint! dit Éric-François en finissant de se moucher. On de verra rien de la gonvérenze zi on z'insdalle derrière la golonne!

— Tu vois un meilleur endroit? rétorque Charles.

Résignée, l'équipe se faufile parmi la foule pour atteindre la petite zone clairsemée. C'est confirmé: de ce point, on est assuré de rater tout le spectacle.

Yann réussit malgré tout à se négocier une place à la droite du pilier. De là, il parvient à distinguer le coin du lutrin, ainsi que le coude de celui qui s'apprête à s'adresser au public.

— Je peux venir près de toi? lui demande Kim en se plaquant contre lui avec un sourire aussi inattendu que coquin.

Je rêve ou... Kim est en train de draguer Yann?

Notre pauvre farceur pris de court rougit de toutes ses bajoues et balbutie un « oui » (qui sonne plutôt comme un « glouifffgn »).

Ça se comprend. C'est que, voyez-vous, Yann et Kim ont ce qu'on pourrait appeler un « historique ». Vous ne vous en souvenez peut-être pas[5] mais, pendant plusieurs jours,

---

5. Toute cette histoire palpitante est racontée dans le tome 2, *Les Photos impossibles*, dont je ne saurais faire autrement que de vous le conseiller.

Yann (alias Pet_de_lapin) a clavardé avec une mystérieuse Betterave14. Tout allait bien jusqu'à ce que Betterave14 lui propose un rendez-vous, en chair et en os, au Via Lattea. Notre comique s'y est rendu naïvement, pour découvrir que Betterave14 n'était nulle autre que deux mantes religieuses : Kim Laurence et Laurence Kim.

Ce rendez-vous, en résumé, c'était pour se moquer de lui. On y reviendra.

Simon et Lili s'adossent contre la colonne. Autour d'eux, il n'y a qu'une foule compacte de journalistes, carnets en main, prêts à écouter la conférence. Un véritable champ de visages, tous virés vers la scène comme des tournesols cherchant le soleil.

Bien sûr, vous devinez l'état d'esprit de nos deux héros. Ils ont du mal à penser à autre chose que cette rencontre avec l'inconnu de l'ascenseur. C'est compréhensible. Qui était cet homme à l'œil noir ? Pourquoi leur a-t-il raconté tout ça ? Que leur cache-t-on encore ? Et surtout... comment garder la tête froide, maintenant ?

Simon a une main qui tremble, Lili une paupière qui sautille. *Surtout, rester calme...* se répète-t-elle.

— Test. Un, deux, un, deux...

Quelqu'un (qui parle malheureusement beaucoup trop près du micro) fait résonner sa voix dans la grande salle de bal. C'est le président qui prend la parole. L'assistance se tait.

— Chers collègues et amis, merci d'être venus en si grand nombre, encore cette année, au Congrès des journalistes.

Bien sûr, ni Simon, ni Lili, ni aucun autre membre du *Cratère* ne parviennent à voir celui qui s'adresse à la foule. Fichue colonne.

— C'est Franck Wabourq, chuchote Fortan. Le président de l'Association des journalistes.

— Comme vous le savez, cette année, notre congrès s'organise autour du thème de l'anonymat.

— L'ananas? demande Laurence à Éric-François.

— Non, « anonymat », répond le chroniqueur. C'est quand les gens ne veulent pas dévoiler leur identité.

— On le sait, avec le Web, continue Wabourq, n'importe qui peut répandre n'importe quelles rumeurs en se cachant sous un pseudonyme. Nous avons récemment eu la démonstration des ravages que peuvent causer les anonymes. Rappelons-nous que, en juin dernier, un individu non identifié a déclaré sur plusieurs blogues que notre premier ministre entretenait des relations avec la mafia. Des jours durant, ce quidam a exposé les détails scabreux d'histoires de pots-de-vin, de sabotage, de corruption...

— Quelle dame? redemande Laurence à Éric-François.

— Non, « quidam », ça veut dire « n'importe qui ».

— Chuuut! leur décoche une vieille journaliste qui ressemble à une citrouille d'Halloween toute molle.

Manifestement, elle souhaiterait écouter la conférence sans avoir à supporter les commentaires audio d'une agaçante échalote.

— On sait aujourd'hui que tout cela n'était que pure invention, explique Wabourq. Pourtant, même si la vérité a été rétablie par les journaux, un récent sondage nous révèle que 27 % de la population croit toujours que le premier ministre entretient des liens avec le crime organisé. Cet anonyme a jeté un doute dans l'esprit du public. Un doute malsain. Il faut se méfier des anonymes. Toujours. Aussi, chers amis, chers collègues, devons-nous redoubler de vigilance avec les sources anonymes. Notre mot d'ordre devrait être RIGUEUR! RIGUEUR! RIGUEUR! Plus que jamais, nous devons agir avec circonspection...

— Circoncision?

— Non, «circonspection». Ça veut dire «prudence».

— CHUUUT! fait la journaliste moche mentionnée précédemment.

Suggestion de cadeau de Noël pour Laurence: un dictionnaire.

— Pourquoi certaines personnes diffusent-elles des «informations secrètes» anonymement? En cherchant les motivations profondes des sources anonymes, on trouve bien souvent des indices qui nous rapprochent de la vérité...

Lili sort son petit carnet noir et note quelques mots-clés tirés du discours de Wabourq. Elle repense à l'homme aux lunettes de soleil. L'homme sans nom. D'où vient-il ? Qu'attend-il d'eux ? Et s'il s'agissait d'un plaisantin ? *Pas possible, il en sait trop sur nous,* pense Lili. Évidemment, la conférence du président jette une belle poignée de doutes dans son esprit.

Pour Simon cependant, les mots de Franck Wabourq commencent peu à peu à ressembler à du dialecte zoulou.

— Il est d'ailleurs à noter que boulobli n'ba gadou bli b'nock tout en ne dépassant jamais les glubli goutr' fasdertu outre ce que l'on sait déjà gugumiou mauf'nie grazui t'erta b'jouh...

Des sons sortent de la bouche du président, puis entrent dans les oreilles de Simon. Sauf qu'ils n'atteignent pas ce département du cerveau chargé de transformer ces bruits de gorge en mots compréhensibles.

— V'lou, merta de la sorte goug'lio fut'gruitipipi buftu ladobrintru...

Les paupières de Simon pèsent une tonne et demie chacune. Il lui faut faire des efforts herculéens pour les garder ouvertes. Son corps s'engourdit.

Mais pourquoi diable Simon s'endort-il autant ?

— Par conséquent, vg'u bju fraz xut...

Est-ce l'effet somnifère d'un conférencier qui ressemble étrangement à la surface d'une colonne de marbre? Est-ce parce qu'il n'a pu fermer l'œil après son cauchemar de la nuit dernière? Peu importe. Simon est déjà parti...

Simon ouvre les yeux. Blanc. Partout.

Une odeur perce la lumière. Le genre d'odeur qui s'agrippe à deux mains aux poils des narines. Ça pue en HD.

Une pression sur son côté. Il tourne la tête.

Un homme. Un vieux débris est affaissé contre lui.

Une bouche béate. Des babines en ruines. Des dents comme de petites briques brunes rongées par les intempéries.

Et une odeur.

Simon ouvre à nouveau les yeux. Devant lui, encore la colonne...

Ciel! Le cauchemar de Simon l'a suivi jusqu'ici, au beau milieu de la conférence du président.

Il regarde l'assistance. Ces visages autour de lui forment une mer d'ovales beiges. Lili a les bras croisés et tente encore de voir quelque chose de la scène en s'élevant sur la pointe des pieds. Laurence a abdiqué et a fini par mettre son iPod. Charles consulte sa montre toutes les quatre secondes. Éric-François tente de se moucher silencieuse-ment ; c'est un lamentable échec. Yann Dioz et Kim Laurence, quant à eux, sont adossés contre la colonne et dodelinent de la tête.

L'homme aux lunettes de soleil a peut-être raison. Peut-être devrait-il rester jusqu'à la fin de son film d'horreur mental. Pour que sa tache disparaisse, pour que ses nuits soient plus sereines, peut-être doit-il découvrir ce que lui réserve la suite de son cauchemar.

Rien qu'à y penser, Simon frissonne de tous ses membres.

①⓪ Allergie à l'anonymat

12 h 02.
L'heure du lunch.

Toute bonne chose ayant une fin, Franck Wabourq a fini par se taire. Une intéressante conférence, là n'est pas la question, sauf que... disons qu'après une heure et demie debout à scruter la surface d'une colonne de marbre, nos amis ne sont pas fâchés de passer à autre chose.

Yann Dioz est particulièrement content que ce soit fini. Lui et son déficit d'attention léger ne tenaient tout simplement plus en place.

— Enfin ! On va pouvoir bouffer ! lance-t-il en s'éjectant de la grande salle de bal.

Sans se presser autant que Yann, le reste de l'assistance évacue tranquillement les lieux pour se retrouver dans le lobby de l'hôtel.

On l'a décoré de ballons, de guirlandes de perles et de banderoles sur lesquelles on peut lire : « Bienvenue à l'Association des journalistes ». Dans un coin, un violoniste et une violoncelliste (probablement un couple dans la vie, mais ce ne sont pas nos oignons) fournissent l'ambiance. Au fond, sur toute la longueur du mur, une table de boissons variées a été dressée. Jus, thé, café. De tout pour tous.

Si on se fie au programme, après la conférence d'ouverture, c'est maintenant l'heure du «lunch».

Pour ceux et celles qui ne sont pas familiers avec ce genre d'événements mondains, les lunchs professionnels commencent généralement par l'étape du *grouillement*. Définition : les participants arrivent, se promènent parmi les invités, se cherchent une place, rejoignent la file devant la machine à café, etc. Des connaissances se saluent de loin, d'autres se serrent la pince et s'échangent les politesses d'usage. C'est l'heure des «Ça va ?», «Et toi, la santé ?», «Et les enfants ?», «Et le boulot ?», «Tu prends des vacances ?», etc.

Au bout d'un moment, la foule se mélange et le lunch entre dans sa deuxième phase : la *gélatinisation*. Explication : c'est lorsque la foule prend une forme plus harmonieuse. De désordre d'humains, le groupe s'organise en sous-groupes qui discutent entre eux. Une «cellule de discussion» compte généralement quatre personnes : deux qui jasent d'un sujet X et deux autres d'un sujet Y. Un exemple classique : deux couples où les maris bavardent de golf et les épouses de confitures.

C'est lorsque la foule est figée, que le Jell-O a bien pris, qu'on passe à l'ultime étape du lunch (ma préférée), et j'ai nommé : *les petites bouchées*. On largue alors un escadron de serveurs qui, par une riche sélection d'amuse-gueules, exciteront les papilles gustatives des convives. Il existe une variété quasi infinie de petites bouchées : des piquantes, des salées, des sucrées, des spongieuses, des croquantes, des *miam* qu'on déguste le petit doigt en l'air, des *beurk* qu'on recrache discrètement dans sa serviette de papier. Voici mes trois amuse-gueules favoris :

1) beignet aux crevettes frites ;

2) roulés de courgettes au bacon ;

3) guacamole dans un cornet de cheddar grillé.

— Bruschetta ? demande un grand garçon en passant son plateau sous le nez de Simon et de Lili.

— Non, merci, répond Lili.

Simon prend deux de ces canapés ovales, coiffés d'une gibelotte aux tomates et au basilic frais.

Lui, Lili, Éric-François et Laurence gravitent autour de Charles Fortan.

— Vous voyez le groupe là-bas ? dit l'éditeur en désignant trois grassouillets vêtus de t-shirts sous des chemises déboutonnées. Ce sont des animateurs de radio. Et là, la femme en tailleur et les trois hommes en complet noir qui sirotent leur café ? Ce sont les quatre meilleurs journalistes d'enquête au pays. C'est par eux que le scandale arrive.

— Et celles-là ? demande Lili en pointant quatre malheureuses victimes de la mode qui ricanent trop fort.

— Hmmmm... Elles, si je ne me trompe pas, écrivent pour des magazines à potins.

— Wow! fait Laurence.

Quelques mètres plus loin, Yann fait la queue pour se servir un jus. L'impatience lui fait taper du pied. Il se penche de temps en temps pour voir si la file avance. Derrière, Kim le talonne dangereusement.

— Écoute... risque-t-elle en passant devant lui. Je voulais te dire un truc.

— Quoi? répond Yann.

— Ben... tu te souviens du site de rencontres?

S'il s'en souvient? Beaucoup trop!

— Tu sais... c'était l'idée de Laurence, avoue Kim d'un air navré.

— Ouais, c'est pas grave.

Yann ment de tout son poids, car après avoir été ridiculisé à fond par les deux greluches, même s'il n'a pas fait de vagues, il bouillait à l'intérieur. Il est sagement rentré chez lui, a salué ses parents comme si de rien n'était, est descendu au sous-sol, s'est enfermé dans sa chambre, a mis la musique dans le tapis, s'est approché de son ordinateur portable grâce auquel il avait clavardé sous le pseudonyme de Pet_de_lapin, et il l'a violemment projeté contre le mur avant de vider son corps de toutes les larmes de rage qu'il contenait.

Après quoi il est remonté à la cuisine et a mangé en silence, aux côtés de sa jeune sœur et de son père, le rôti de bœuf aux oignons grelots qu'avait préparé sa mère. Le lendemain, il racontera à son père que son ordi est tombé de son sac par accident. Yann Dioz est comme ça. Ses drames, il les vit en secret. Sa vie publique, elle, est consacrée aux blagues.

— Le ridicule ne tue pas! conclut notre sac à blagues alors que la file avance d'un pas.

Il ne tue pas. Mais il peut faire mal en titi.

Kim, son visage joufflu rougeoyant, fait tourner une couette de sa tignasse mauve autour de son index. Elle s'approche de Yann et lui glisse:

— Tu sais, moi, j'ai aimé ce qu'écrivait Pet_de_lapin sur Internet. J'étais contente que ce soit toi. On aurait pu tomber sur un vieux dégoûtant.

— Tu veux encore me ridiculiser? se braque Yann.

— Non... je te jure. C'est Laurence... Ça tourne pas rond dans sa tête. Je... je voulais que tu saches que j'ai super regretté.

— C'est tout?

— C'est tout.

Voilà la révélation de l'année! Yann ne sait ni où se mettre ni quoi répondre. Qu'est-ce qu'on peut ajouter à cela? Les deux arrivent enfin à la table des boissons et se versent un jus.

— Tu n'as pas une blague à raconter? demande Kim.

— Euh... bredouille Yann encore décontenancé. Comment on appelle un chien qui n'a pas de pattes?

— Je sais pas.

— On ne l'appelle pas, on va le chercher...

— Hi! Hi! Hi! Drôle...

Les deux se retournent avec leur verre de jus de raisin en main. Ils aperçoivent dans la foule leurs collègues du *Cratère*, tous réunis autour de Charles Fortan...

— Et là-bas, poursuit l'éditeur, ce sont des correspondants étrangers. Eux, ils travaillent pour la télé d'ici, mais à partir d'un autre pays. Chaque semaine, ils envoient leurs reportages provenant des quatre coins du monde. Le grand au crâne rasé est basé en Russie depuis tellement longtemps qu'il a pris l'accent russe. La femme aux cheveux frisés habite à Washington et celui aux lunettes s'occupe du continent africain à lui tout seul.

— Sniffrl... Gomment il vait? Z'est zuper grand, l'Avrique! dit Éric-François.

— Il fait son gros possible, si tu veux mon avis. Mais tu as raison, il ne peut pas couvrir grand-chose. Cela explique peut-être un peu pourquoi on n'entend presque jamais parler de l'Afrique aux bulletins de nouvelles. C'est le continent oublié de nos médias.

Lili écoute Fortan, tout en l'observant avec une attention nouvelle. Si Charles a été pour elle cet énigmatique éditeur au passé nébuleux, elle le voit maintenant comme ce qu'il a toujours été: un journaliste. Visiblement, il se plaît parmi ces gens. Pourquoi donc est-il venu se perdre à Grise-Vallée?

Alors que l'éditeur dans son habit beige cherche des yeux d'autres personnes à présenter à son groupe, une géante d'environ deux mètres s'avance vers lui en tranchant la foule de ses longs bras. Elle a des bottes montant jusqu'aux genoux et une chevelure de caniche électrocuté.

— CHARLES FORTAN! tonne-t-elle d'une voix de travailleur de la construction. TOI! TU DOIS ÊTRE FIER D'AVOIR BERNÉ TOUT LE MONDE!

Robert Paca court dans les pattes de cette grande chose tandis qu'un large sourire se dessine dans le visage de Fortan. Simon et Lili se poussent pour laisser passer ce personnage sorti tout droit d'une caricature. On dit d'un homme costaud qu'il s'agit d'une «pièce d'homme». On entend plus rarement parler d'une «pièce de femme». Cela existe pourtant. En voici un intéressant spécimen.

— Mali Dubrun! s'exclame Fortan, l'air moqueur. Je ne serai jamais assez futé pour parvenir à te tromper... Toi qui trouves toujours la vérité partout! Je t'assure qu'il n'était pas du tout dans mon intention de faire croire à ma mort...

— JE M'EN FICHE! J'EXIGE UN CÂLIN! lance cette drôle de femme en soulevant Charles de terre. Je JUBILE de savoir que tu es de retour!

— Groupe, dit Fortan après s'être extirpé des bras de la géante, je vous présente Mali

Dubrun, une journaliste de grand talent que je connais depuis... quoi... trois siècles?

— MINIMUM! répond-elle en riant.

— Et, Mali, voici *Le Cratère*...

— Le QUOI?

— *Le Cratère*, c'est le nom du journal étudiant de l'école où je travaille.

Mali Dubrun s'avance et ~~serre~~ écrabouille la main de chacun des jeunes.

— Oui, Charles habite maintenant à Grise-Vallée, tient à préciser Bob Paca.

— Grise-Vallée, fait Mali en se grattant le cuir chevelu avec ses longs ongles. J'ai déjà entendu ce nom quelque part.

— C'est la capitale mondiale du globe terrestre, ajoute Lili en souriant au personnage pittoresque.

— Ah oui... dit-elle tout en attrapant une biscotte au foie gras sur un plateau qui passait par là. Mais, attends... Toi, CHARLES FORTAN, tu es devenu prof là-bas? ÇA VA?

Elle lui pose le revers de la main sur le front.

— Pourtant, tu ne fais pas de fièvre... QUE SE PASSE-T-IL, CHARLES FORTAN?

— Bah! Tu sais, après mon accident en Afghanistan, j'ai décidé d'accrocher mes patins.

— L'Afghanistan? demande Bob Paca, le sourcil interrogateur. Mais tu m'as dit que tu avais quitté la profession après l'Amazonie!

— Ah oui? Euh, non... pas tout à fait. Après l'Amazonie, j'ai accepté un contrat en

Afghanistan et j'ai été blessé par l'explosion d'une bombe.

— Qui t'a envoyé là-bas ? Je n'ai JAMAIS su ça ! renchérit Mali Dubrun.

— Une p'tite bouchée, m'sieurs-dames ? s'interpose un serveur.

Il a le plateau couvert de boules de melon miel enrobées d'une fine tranche de prosciutto.

— Oh... personne, continue Fortan en prenant deux morceaux à l'aide d'un cure-dent. Enfin, je ne peux pas en parler... Ce n'était pas un accident bien grave... mais, bon... Je me suis dit qu'il était temps pour moi de changer de métier...

— Tu aurais dû me téléphoner dès ton retour ! ajoute Paca.

Charles Fortan cherche visiblement un moyen de s'extraire de cet inconfortable interrogatoire. Lili, Simon, Laurence, Éric-François, Kim et Yann s'empiffrent de fins amuse-gueules tout en écoutant ces illustres journalistes discuter.

Un serveur glisse un plateau de bouchées multicolores sous le nez d'Éric-François.

— Canapé tropical ?

— Ah, oui. Merci.

Éric-François enfourne un hors-d'œuvre, puis un deuxième avant d'avoir fini de mastiquer le premier. Tant qu'à y être, il en prend un troisième (pour plus tard).

— Ch'est délichieux, dit-il.

Ça, on aurait pu le deviner.

— Alors, qu'avez-vous pensé de la conférence de Franck Wabourq? demande Fortan tout en changeant habilement de sujet.

— Beuah... Wabourq a raison sur le fond, dit Mali Dubrun, mais il oublie une CHOSE : les secrets les plus croustillants viennent souvent de gens qui ne veulent PAS révéler leur identité.

En entendant cela, Lili et Simon s'échangent un regard. Aujourd'hui, cette phrase anodine résonne dans leur tête d'une manière particulière.

Quelques autres journalistes, attirés par la flamboyance de Mali Dubrun, ont commencé à s'approcher de Charles Fortan.

— Fortan? C'est bien toi? demande l'un d'entre eux.

— Où t'as mis ta barbe? interroge un autre.

— Je n'aurais jamais cru te revoir vivant! ajoute un troisième.

Et c'est alors que ce brouhaha de retrouvailles et de franche camaraderie est interrompu par le son d'un verre de jus de raisin se fracassant sur le sol de marbre.

— Char... Char... Charles ! CHARLES ! crie Kim, blanche d'effroi.

— Quoi? Qu'est-ce qu'il y a?

L'éditeur n'a pas besoin d'attendre la réponse. À côté de lui, Éric-François est penché vers l'avant, les deux mains s'agrippant à son ventre. Il est rouge-bleu, sa gorge est anormalement enflée, il semble ne plus parvenir à respirer.

— Il s'étouffe, vite, faut lui faire la manœuvre de Heimlich! lance Bob en se précipitant derrière lui.

Vous le saurez si une pareille urgence survient, la manœuvre de Heimlich est une méthode archisimple de désobstruction des voies respiratoires. En gros, elle consiste à presser le poing un peu au-dessus de l'estomac et de remonter en décrivant un « J ». Une bonne pression devrait éjecter par la bouche le morceau coincé dans le gosier. Cette méthode a sauvé des milliers de vies, mais elle s'avère totalement inefficace si la personne ne s'étouffe pas vraiment.

— An... an... ana... râle Éric-François.

— Arrêtez! Il essaie de nous dire quelque chose, lance Lili tandis qu'un attroupement s'agglutine autour du chroniqueur, dont les yeux globuleux semblent vouloir lui sortir des orbites. Les restes d'un canapé tropical gisent sur sa lèvre inférieure.

Autour, on entend un crépitement de *blip! blip!* Au moins vingt-cinq personnes ont sorti leur téléphone cellulaire pour composer le 911.

— Al... allergique... ana... ananas!

— Il est allergique à l'anonymat! lance Laurence en se trompant royalement de mot.

Mettons cela sur le compte de l'émotion.

⑪⑪ Mon cauchemar s'appelle «reviens»

13h22.
On a raison d'appeler les clients d'un hôpital des «patients».
C'est ce qu'ils sont, patients.

Ce lieu porte le nom de «salle d'attente». On aurait pu penser qu'il serait conçu de telle sorte que l'activité d'*attendre* soit plus agréable. Tellement pas.

Commençons par les fauteuils. Oubliez les sièges orthopédiques avec accoudoirs rembourrés. La plupart des salles d'attente sont garnies de chaises de métal grinçantes qui se transforment en instruments de torture lorsqu'on y pose les fesses plus d'une demi-heure.

Et la musique d'ambiance? Assommante. Les magazines? Pire encore. Ne vous attendez surtout pas à lire des nouvelles fraîches dans ce qui traîne sur les tables basses. Ces magazines sont si vieux que, depuis qu'ils ont été publiés, les stars d'Hollywood sur leurs couvertures ont eu le temps de se marier, de divorcer, de sombrer dans l'enfer de la drogue, de suivre une cure de désintoxication, de se remarier, de lancer une gamme de parfum et de dénoncer la chasse aux phoques.

Ce que je veux dire, c'est que, dans une salle d'attente, tout est fait pour qu'on s'emmerde royalement. Cessons d'être hypocrites ! Appelons cela une « salle d'ennui », un point c'est tout.

Cela fait maintenant presque une heure que Simon, Lili et le reste de la bande attendent inconfortablement sur leurs petites chaises. Autour d'eux, une quinzaine de patients poireautent avec leurs airs d'enterrement. Il y a là plusieurs représentants du « bel âge », dont les petits bobos ont probablement davantage besoin d'une oreille attentive que d'une attention médicale. D'autres sont dans un état plus grave : un jeune homme soupire de douleur en comprimant, dans un sac de glace, son poignet foulé.

Bien entendu, puisque Éric-François n'était plus qu'une boursouflure ambulante, on l'a transféré d'urgence dans une unité de soins. En ce moment, on lui administre des médicaments pour stopper les ravages de son allergène. Tantôt, le médecin est venu annoncer que son état était stable. Fiou ! J'ai toutefois comme la vague impression qu'on ne le reprendra pas deux fois avec un canapé tropical. S'il avait su que ces petites bouchées contenaient de l'ananas, Éric-François aurait certainement fui le dangereux hors-d'œuvre comme un vampire fuit une gousse d'ail.

Allergie à l'ananas, il n'y a qu'Éric-François Rouquin pour souffrir d'un mal aussi comique. On peut en rire, maintenant qu'on ne craint plus pour sa vie.

Dans un coin de la salle d'attente, Charles discute avec Bob Paca. Le photographe le travaille au corps. Il veut savoir ce qui s'est passé le jour de sa disparition, en Amazonie.

— Alors, tu vas finir par me raconter, ou quoi ?

En d'autres circonstances, Charles aurait déballé toute son histoire sans se faire prier. D'autant plus qu'il se souvient avec précision des événements qui ont précédé sa disparition. Comment les oublier ? Lui et Bob logeaient dans la cabane d'un cueilleur de plantes médicinales. Cette nuit-là, le bruit de la jungle, qui ne dort jamais, était encore plus assourdissant que d'habitude. Incapable de fermer l'œil, le grand journaliste a donc décidé d'aller prendre un peu air. C'est alors qu'il a entendu un son. Un nouveau son, différent des cris d'oiseaux, du bruissement des feuilles et des gémissements des petits mammifères nocturnes qui peuplent cet écosystème. Il aurait pu jurer qu'il s'agissait de voix humaines. Il a marché pendant quelques minutes parmi les fourrés en balayant le sous-bois avec sa lampe de poche.

Et tout à coup, le faisceau lumineux s'est accroché sur le corps d'un homme nu comme un ver. Un indigène le regardait droit dans les yeux. Saisi par cette rencontre parfaitement inattendue, Fortan n'a pas remarqué les deux autres hommes qui se tenaient derrière lui. Seul contre trois, il n'a eu aucune chance. Ils l'ont ligoté avec des lianes et l'ont emmené dans leur village.

Lorsque le monde a appris la nouvelle de la disparition de Charles Fortan, la plupart des journaux ont rappelé le grand journaliste qu'il était. Il avait tout donné, jusqu'à sa vie, pour la cause de l'information.

— Je... c'est encore trop frais dans ma mémoire, Bob... Je ne suis pas prêt à en parler.

— O.K., mais dis-moi une chose seulement : as-tu trouvé la tribu inconnue ?

— Oui. Et j'ai compris que, par respect pour eux, il valait mieux ne pas les déranger...

Durant les six dernières minutes, Laurence a dû se lever trois fois pour aller s'asperger les mains de liquide désinfectant. Ça sent l'obsession. Il faut dire qu'il y a ici des distributrices tous les deux mètres. C'est une bonne chose : si un patient crève sur place à force d'attendre, au moins son cadavre aura les mains nettes.

Yann et Kim s'éternisent au fond de la salle d'attente. Plantés devant une machine distributrice, ils évaluent l'éventail de choix qui s'offrent à eux : tablette de chocolat, sac de croustilles ou friandises ?

— J'ai une devinette, lance Yann. Comment on dit « ananas » en anglais : *anana* ou *ananaze* ?

— C'est tellement la plus vieille blague de l'univers ! répond Kim en rigolant. Faudra que tu te forces un peu plus !

— En as-tu une meilleure ?

— O.K., attends, euh... Comment s'appelle la femme la plus âgée du monde ?

— Sais pas.

— Sarah Tatine...

— Sarah *Qui* ?

— Tatine... Sarah Tatine... Bah ! Laisse faire, se contente de dire Kim sans insister. Bon, moi je prends une Chocotwist... poursuit-elle en insérant sa pièce dans la machine.

Simon et Lili sont côte à côte sur leurs chaises et tuent le temps en regardant les numéros sur le panneau lumineux. Chaque patient s'est fait attribuer un numéro par la machine à tickets. Quand son numéro sort, il gagne une visite chez le médecin. C'est un peu comme la loto, sauf qu'au lieu de gagner un voyage pour deux dans les Caraïbes, vous gagnez une séance en sous-vêtements devant un professionnel de la santé qui vous fiche un bâton à café au fond de la gorge en vous demandant d'ouvrir grand et de dire « aaaah ».

Moins super, j'en conviens.

Cela doit faire un bon gros quart d'heure que le numéro sur le tableau d'affichage n'a pas changé. Il semble bloqué à D155.

Non, ce n'est pas tout à fait l'idée que l'équipe du *Cratère* se faisait d'un congrès de journalistes. Ils devraient en ce moment même participer à des ateliers, à des discussions et à des débats enlevants sur le journalisme. À la place, ils pourrissent dans la salle d'attente d'un hôpital pour cause d'allergie aux ananas.

Certaines choses arrivent au mauvais endroit et au mauvais moment. En voilà une.

— *M. Charles Fortan est demandé à la réception. M. Charles Fortan...* annonce tout à coup le haut-parleur de la salle d'attente.

Charles n'est pas mécontent de se soustraire à l'interrogatoire de Bob Paca. Il court à la réception, où la réceptionniste pointe le combiné du téléphone dans sa direction.

— Un appel pour vous, dit-elle.

Charles sait très bien de qui il s'agit. Certainement pas sa chère tante Berthe qui l'appelle pour prendre des nouvelles.

— J'écoute, dit-il.

— Charles, dit la Dame. Il s'est passé quelque chose à l'hôtel.

— Ah oui?

— Après la conférence, ce matin, Simon et Lili ne sont jamais montés au sixième étage pour aller chercher des piles.

— Et alors?

— Et alors? Ils sont restés plus de cinq minutes dans cet ascenseur. Cinq minutes pendant lesquelles nous avons perdu leur trace. C'est louche.

— Ce n'est peut-être rien.

— Croyez-en mon expérience, Charles, il serait bien étonnant que ce ne soit, comme vous dites, rien... Ouvrez l'œil, Charles, et le bon!

Et *clac*!

D156. Le numéro change.

C'est une vieille dame aux jambes crochies par l'âge qui a gagné. Elle attrape sa marchette et se dirige lentement, mais sûrement, vers le cabinet du médecin. Elle tremblote comme le couvercle sur une casserole d'eau bouillante.

— Parkinson, souffle Lili à l'oreille de Simon en visant la femme du regard.

Simon a la main au fond de sa poche. Il tient fermement la lettre qu'il a écrite pour Lili. La lettre qui pourrait tout changer. Il lui suffirait de la sortir, de la lui tendre et de ne dire qu'un mot : « Tiens. » Et ce serait fait. D'autant plus que le moment est idéal. Simon inspire profondément.

— Ça va ? lui demande son amie.

— Oui, oui... ça va, répond Simon d'une petite voix étranglée par la nervosité.

— Encore tes cauchemars ?

— Hein ? Euh... c'est ça, oui, mes cauchemars...

— Regarde-moi donc, fait-elle en approchant son visage de celui de son ami pour mieux observer son iris.

— La tache est toujours là, confirme Simon.

— Je la vois, mais... Vas-tu suivre le conseil de tu-sais-qui ?

— Chuuut ! fait Simon en posant l'index sur sa bouche.

L'homme aux lunettes de soleil a précisé que sa tache disparaîtrait s'il parvenait jusqu'à la fin de son cauchemar. Plus facile à dire qu'à faire. Comment y arriver ? Je n'en ai aucune espèce d'idée et Simon non plus. Tout ce qu'il sait, c'est que l'inconnu de l'ascenseur semblait un poil plus au courant de la nature de cette tache que son propre optométriste (avec ses histoires d'iridologie et de hibou à la patte cassée).

Puisqu'il n'existe aucun autre remède connu pour stopper la croissance de cette satanée mouche noire, ça vaut le coup d'essayer.

D157.

Un grand homme dépose son magazine sur la table basse, se lève et marche en boitant jusqu'au cabinet du médecin.

Simon le suit du regard en tenant toujours sa lettre fermement au fond de sa poche.

À D160, c'est décidé, il la donnera à Lili...

Retour dans ce lieu affreusement familier. Simon plisse les yeux. Comme d'habitude, la clarté l'aveugle. Assis sur son banc, dans cet endroit qui vibre comme une machine à laver, il a la tête penchée vers l'avant. Or, il y a une différence entre cette fois et toutes les autres où il s'est retrouvé dans ce cauchemar.

Cette fois, Simon en est conscient.

J'ai réussi! pense-t-il. Il est fébrile...

Étrangement, son corps n'est plus paralysé comme lors des rêves précédents. Il peut relever la tête sans difficulté. Devant lui, Lili, dans ses espadrilles bleues, a l'air aussi morte qu'avant.

Simon a un pincement au cœur en la voyant, mais il se ressaisit aussitôt.

Il entend au loin, comme s'il s'agissait de la fin d'un écho, une voix qui lui répète : « Reste jusqu'à la fin... jusqu'à la fin... »

C'est sa voix.

Simon poursuit son exploration visuelle. À côté de Lili, l'individu à l'allure louche dans l'uniforme de la Coop de téléphone traîne son attitude de zombie.

« Reste jusqu'à la fin... »

Simon tourne la tête à gauche, puis à droite. Pour la première fois, il a une vue d'ensemble de l'endroit où il se trouve. Cela ressemble à un wagon de train ou de métro. Tout à l'intérieur, les bancs, le plancher, l'éclairage, semble n'être qu'un seul morceau de plastique blanc aux contours arrondis. Sur les parois, des hublots laissent deviner que ce train file à vive allure dans la nuit noire. À moins qu'il ne soit dans un tunnel? En tout cas, on n'y voit rien. Peut-être un TGV? Et c'est pendant que Simon découvre le décor de son cauchemar qu'il entend près de lui une respiration.

Il tourne la tête et tombe nez à nez avec... Barnumans !

Il le reconnaît immédiatement. Les cheveux blancs et gras. Le nez en chou-fleur. La moustache impressionnante. C'est bien celui que lui et Lili ont interviewé sur la butte au Wallon. C'est bien l'excentrique personnage que les Hommes en beige ont « effacé » de leur mémoire.

D'ailleurs, le choc lui a presque fait perdre son contrôle. Un peu plus et il se réveillait.

« Reste jusqu'à la fin... »

Barnumans a l'air sonné. Il regarde Simon avec ses yeux mi-clos et, d'une voix pâteuse, il marmonne de façon à peine audible : « Je savais bien qu'ILS viendraient... »

Encore ces « ILS », ceux que Barnumans craignait comme la peste. Il avait raison, le vieux. Car les Hommes en beige sont venus.

Puis, un toussotement attire son attention. Combien sont-ils dans ce wagon ? Simon est manifestement dans un cauchemar fort fréquenté. Il plisse encore les yeux et vise l'avant du véhicule. Il aperçoit quelqu'un de dos. Qui est-ce ? L'homme regarde par le hublot du wagon. Au-dessus de sa tête se trouve un rétroviseur ovale. Serait-ce le conducteur du train ? Simon tente de voir le visage de l'individu. Il étire le cou. C'est alors que le miroir du rétroviseur lui renvoie le reflet d'une paire d'yeux couronnés de sourcils bien fournis. Ils croisent ceux de Simon.

Stupeur.

Ces yeux qui le regardent par le rétroviseur, qui le fixent comme un chat surveillerait une perruche en cage. Ces yeux...

... ce sont ceux de Charles Fortan.

— Quoi ? Tu t'es réveillé, toi ? dit Fortan en quittant son siège et en s'approchant de Simon. En marchant, il sort de sa poche un long gant gris et l'enfile.

D'une main ferme, il agrippe la tête de Simon et, avec sa main gantée, applique le pouce et l'index sur les tempes.

Aussitôt, les lumières s'éteignent. Ou alors, Simon a fermé les yeux. Peu importe. Tout est noir. Simon ne ressent plus rien, n'entend plus rien, ne pense plus à rien...

Bye bye.

Ses paupières palpitent en s'ouvrant. Le voyage dans son cauchemar ne l'a pas trop malmené. Il est là, en un seul morceau. Et, contrairement à ses derniers épisodes cauchemardesques, Simon n'a pas peur et ne baigne pas non plus dans une flaque de sueur froide. C'est le calme.

Au-dessus de sa tête, le tableau d'affichage de la salle d'attente n'affiche rien d'autre que « D164 ». Le D160 est passé. Depuis combien de temps dort-il ? Une heure ? Trois minutes? En face de lui, une femme dans la cinquantaine aussi mal maquillée qu'un dessin d'enfant lit un roman Harlequin intitulé *Romance au ministère des Finances*. Elle lèche lentement le bout de son index pour tourner chaque page.

Simon est de retour dans la réalité. Il secoue la tête. S'est-il rendu jusqu'au bout de son cauchemar? A-t-il résisté jusqu'à la fin? C'est ce dont il a l'impression.

— Faut qu'on parle! dit-il en tirant Lili par la manche.

— De quoi?

— Faut qu'on PAR-LE! Tu comprends? insiste Simon.

Lili n'a pas besoin qu'on lui fasse un dessin. Elle comprend. Et elle sait où ils doivent aller pour discuter en paix.

Les deux sortent de la salle d'urgence en catimini, traversent quelques tortillons de corridors et trouvent une rangée d'ascenseurs. *Ding!* Les portes du numéro 3 s'ouvrent. Un jeune médecin occupé à taper un texto sur son téléphone cellulaire en sort, sans remarquer la présence de nos deux héros. Ceux-ci pénètrent dans la cage de l'ascenseur. Aussitôt les portes refermées, Simon attrape Lili par le bras et la secoue comme des maracas.

— J'ai vu la fin de mon cauchemar! J'ai vu la fin de mon cauchemar!

— Quoi? QUOI? M-mais...

— À la fin, il y avait Charles Fortan!

Lili n'est pas sûre de comprendre. Simon rassemble ses esprits, reprend la moitié de son calme et se met à faire les cent pas dans l'ascenseur.

— Dans mon rêve, je suis dans une sorte de wagon de train. C'est super-blanc. Tu es là, toi... comme morte.

— MORTE ? Mais... tu ne m'avais jamais... *Ding!*

L'ascenseur s'immobilise, les portes s'ouvrent sur deux infirmières. Une grande rousse et une moyenne ronde à la peau noire qui jacasse au cellulaire.

— Et là, je lui ai dit : « Pourquoi ça ? » Il m'a répondu : « Parce que c'est comme ça. » Et moi, j'ai fait « Euh... pas question ! » Et tu sais ce qu'il m'a dit ? Tu le sais ? Il m'a dit : « Un jour, tu comprendras... »

— Vous montez ? dit la rousse avant d'entrer.

— Oui... répondent Simon et Lili.

Les deux femmes en uniforme bleu poudre avancent d'un pas. Le doigt de Simon enfonce le bouton pour refermer les portes. L'ascenseur repart. La conversation entre nos deux héros est suspendue entre le 3e et le 7e étage du Centre hospitalier de Gorges-Profondes.

— « Après tout ce que j'ai fait pour toi ! » que je lui ai dit. Et lui, il n'a rien dit. Je lui ai dit : « Tu m'écoutes, au moins ? » Il a monté le son de la radio. J'étais bleue ! Je te jure : BLEUE !

Ding!

Les deux infirmières sortent enfin. Aussitôt, Simon appuie sur le bouton pour redescendre au rez-de-chaussée.

— Tu disais que j'étais morte, s'empresse de continuer Lili.

— Oui... mais il y avait aussi le technicien de la Coop de téléphone et, tiens-toi bien, Barnumans en personne! Je l'ai reconnu...

— Hein? Mais de quoi tu parles?

— Quand je l'ai vu, la mémoire m'est revenue solide. Je me suis souvenu de sa roulotte, des biscuits qu'il nous a offerts, de son Mutoscope, de son musée de cire...

— De son quoi?

— Son musée de cire...

— Non, avant ça?

— Son Mutoscope? Tu ne peux pas t'en souvenir... Barnumans nous a montré un appareil qui diffusait un petit film. On y voyait son père debout à côté d'un arbre qui poussait très vite. Pour lui, c'était la preuve qu'il s'agissait d'un authentique voyageur du temps...

— Mais qu'est-ce que tu inventes là?

— Je n'invente rien...

Ding!

Un vieillard en robe d'hôpital entre dans l'ascenseur. Il a le teint gris. Des tubes lui sortent des narines. Ceux-ci sont branchés sur une bonbonne d'oxygène comprimé accrochée sur une sorte de porte-manteau à roulettes qu'il traîne derrière lui. Dans sa main, il tient un paquet de cigarettes.

— Kee**eeufffsk**k! Kee**eeufffsk**k!

Le pauvre bonhomme crache ses poumons. Les ravages du tabagisme en personne, mesdames et messieurs...

— Ça monte? dit-il d'une voix égratignée.

— Oui, répondent les deux.

Simon et Lili doivent, encore une fois, mettre leur discussion sur «PAUSE». Décidément, le fait de devoir parler dans un ascenseur n'est pas de tout repos. Pour le côté pratique, on repassera. Simon regarde Lili, qui a toutes les questions du monde figées sur les traits du visage. Pendant ce temps, le vieux à la bonbonne d'oxygène leur distribue des sourires polis.

— Alors, vous venez voir quelqu'un à l'hôpital? leur demande-t-il, pour tuer le silence.

— C'est ça, c'est ça... dit Simon sur un ton expéditif, histoire de couper court à la conversation.

— Il est chanceux, votre quelqu'un... C'est pas à moi que ça risque d'arriver... Jamais de visite de personne...

Ding! Les portes s'ouvrent.

— Bon, eh bien, bonne journée, les jeunes! lance le vieillard en traînant sa bonbonne d'oxygène.

Simon et Lili reprennent la conversation, encore une fois, là où ils l'ont laissée.

— Attends, mais qu'est-ce que Charles Fortan fichait dans ton cauchemar? demande Lili.

— Ben, il était là et il m'a dit : « Tiens... tu t'es réveillé ? » Et là, il a sorti un gant gris de sa poche. Il s'est approché de moi, m'a posé les doigts sur les côtés de la tête et... voilà.

— C'est tout ?

— Ben... oui.

— Et *bing* ! Tu te souviens de tout ?

— De A à Z...

— Alors, RACONTE ! implore Lili.

Ding !

— Merde...

Une mère épuisée entre dans l'ascenseur, suivie de ses cinq enfants. Le bébé, dans ses bras, pleurniche en serrant ses petits poings. Le deuxième plus jeune, dans sa poussette, chigne. Des jumelles au nez qui coule et âgées d'environ six ans dévisagent Simon et Lili. Et l'aîné, un garçon de huit ans bien dodu, tire la manche de sa mère en la suppliant : « J'ai faim ! Maman, j'ai faim ! »

Cette famille infernale monte trois étages et s'en va. Simon regarde sa montre. 14 h 01.

— Raconte ! reprend Lili.

— On n'a pas le temps, répond Simon. Fortan va nous chercher... Il va se douter de quelque chose.

Lili n'a pas souvent vu Simon dans cet état d'hystérie. Il parle vite, en battant des mains, les yeux écarquillés... Sa tache est encore visible. La péninsule a maintenant rejoint la pupille. Une barre noire lui raye le globe oculaire.

— Alors, reprend Lili. Si ton cauchemar ne se trompe pas, si Charles Fortan est un Homme en beige... que veux-tu qu'on fasse?

— On pourrait fouiller sa chambre, chercher des preuves...

— Des preuves de quoi?

— Ben... qu'il nous espionne, comme l'a dit l'homme aux lunettes de soleil!

— Tu penses qu'on le saura en fouillant sa chambre?

— S'il nous espionne, il doit sûrement avoir des micros, de l'équipement d'espionnage, des faux papiers...

— Je ne sais pas... Je veux dire... Je me sens mal de fouiller dans ses affaires...

— Avoue qu'il est bizarre solide! Il y a quelque chose que je n'achète pas dans son histoire. Pourquoi tout le monde le croit mort? Et c'est quoi son truc avec l'Amazonie? Qu'est-ce qu'il cache?

— Je ne sais pas... Mais ça peut être un million de choses!

— On doit découvrir qui est Charles Fortan. On s'est fait prendre par les Hommes en beige avec Barnumans, mais ça n'arrivera pas cette fois... Faut foncer! Si tu ne veux pas m'aider, alors...

— Je veux, je veux... mais supposons que tu te trompes... lance Lili.

— Je ne me trompe pas.

Pour une fois, Simon est plus motivé qu'elle. Un silence envahit la cage de l'ascenseur.

Simon s'assoit sur le plancher en croisant ses mains sur ses genoux.

— Mais, comment veux-tu qu'on fouille dans sa valise? dit Lili en s'accroupissant aux côtés de son ami.

— Tu te souviens de ce qu'a dit Günter Rallwaff, ce matin? Qu'il faut parfois mentir pour révéler ce qui est caché. Eh bien, j'ai peut-être un plan...

① ② Un plan d'enfer

14 h 12.
L'heure du crime.

Après une ou deux éternités à se faire attendre, le médecin est finalement venu donner
son rapport sur l'état de santé d'Éric-François.
L'homme à la blouse blanche et aux cheveux
grisonnants s'exprime au compte-gouttes. Il
parle si lentement qu'il est dur de rester éveillé
jusqu'à la fin de ses phrases.

— Alors... rassurez-vous... Votre... ami...
va... bien... Ce... pendant... nous... aimerions...
le... garder... encore... quelques... heures...
par... précaution...

— Mais la conférence est dans deux
heures ! lance Yann.

— Je sais, dit Fortan. Nous devrons probablement la faire sans lui.

— De... toute... façon... je ne... pense...
pas... qu'il... soit... en... état... de... subir... un...
stress... aujourd'hui... Il... doit... surtout... se...
reposer...

Du repos, Éric-François en aura si l'envie
lui prend de piquer un brin de jasette avec
ce docteur.

— Je suis sûre que ça doit l'ennuyer profondément, ironise Laurence.

Nul n'ignore en effet la légendaire
timidité du chroniqueur. Si ça se trouve,

Éric-François préfère probablement être cloué à un lit d'hôpital, le corps boursouflé comme celui d'un crapaud, plutôt que d'avoir à s'adresser à une salle bondée.

— Nous n'avons donc rien à faire ici, décide Charles Fortan. Les parents d'Éric-François sont en route et une conférence nous attend. On retourne à l'hôtel. Tout le monde est là?

C'est alors que Charles remarque que Simon et Lili ne sont pas dans les parages. Son cœur saute et son sang fait trente-trois tours.

— Où sont Simon et Lili?

Ces jeunes lui glissent des mains comme un savon dans une baignoire. C'est agaçant, à la fin.

— OÙ SONT-ILS?

Charles tourne la tête dans tous les sens, il étire le cou vers le corridor, se penche pour voir sous les chaises. Tout ça dans un élan d'énervement qui ne lui ressemble pas du tout. Personne autour ne comprend la soudaine panique de Fortan. Celui-ci reprend son calme en constatant que tous les patients dans la salle d'attente le dévisagent.

— On est là, dit Lili sur un ton innocent, en apparaissant derrière Charles.

Fortan se retourne dans un sursaut.

— Où étiez-vous?

— On avait besoin de se dégourdir les jambes, répond Simon.

— La prochaine fois, avertissez-moi quand vous partez. Je suis responsable de vous, après tout. Allez, tout le monde au minibus !

Q

Vous devez certainement être curieux de découvrir quel genre de plan Simon a en tête pour démasquer Charles Fortan. Sans tout dévoiler, je vous dirai seulement qu'il s'appuie sur un vieux truc nommé la « diversion ».

En deux mots, la diversion est l'art de détourner l'attention d'une personne pendant qu'on lui joue dans le dos. Les magiciens maîtrisent cette technique avec brio. Ils demandent au public de regarder le bout de leur baguette magique et, pendant ce temps, une main cachée dans la poche de leur pantalon se prépare à sortir le mouchoir coloré que tout le monde croyait disparu.

Et... tadam !

Même le pire magicien de centre commercial sait qu'une bonne diversion, ça ne rate jamais.

Q

14 h 51.

Voilà un quart d'heure que l'équipe du *Cratère* (Éric-François en moins) est de retour à l'hôtel. Dans la chambre 609, les trois filles se mettent sur leur trente-six. Évidemment, Kim Laurence et Laurence Kim font tout pour éviter de se retrouver dans la même pièce. Ce qui n'est pas évident. La chambre ne compte qu'une pièce et une salle de bain, après tout...

Subtilement, Lili met en branle le Plan d'enfer (avec une lettre majuscule, c'est plus sérieux). Elle est prête. Assise sur le rebord du lit, feignant de chercher quelque chose dans son sac, elle farfouille plutôt dans la valise de Kim. Elle lui pique un vernis à ongles et le dépose stratégiquement dans la poche du manteau de Laurence. Je dis « stratégiquement », car la manœuvre a un objectif très précis.

La conférence est à 16 heures. C'est dans 69 minutes top chrono.

— Euh... Kim ? lance Lili à la boule mauve barricadée dans les toilettes. Je me demandais si tu avais du maquillage à me prêter... Un mascara, un fard à joues, un rouge à lèvres, peut-être un vernis à ongles, tiens... Mes doigts sont tellement moches.

— Tu veux te vernir les ongles, toi, Lili Piccione ? répond Kim de l'autre côté de la porte.

— Ben, fait Lili en enrobant ses mots d'une pâte sucrée de mensonges. Ça te fait TELLEMENT de belles mains quand tu as ce vernis brillant. Hein, Laurence, que ça lui fait de belles mains ?

— Hmmm, marmonne Laurence (qui s'en fout, mais qui s'en fout!).

Kim sort de la salle de bain. Une jeune fille ne reste pas insensible à ce genre de flatterie. D'autant plus que, pour une fois, quelqu'un s'intéresse à *elle* plutôt qu'à Laurence.

— Je l'ai apporté, si tu veux...

La ruse de Lili fonctionne comme prévu. Depuis le début du voyage, il fallait être aveugle pour ne pas avoir remarqué qu'entre Kim et Laurence, la situation est archi-tendue. Pour que la chicane explose entre les deux, il ne manque pas grand-chose. Une étincelle.

Ou un vernis à ongles.

Kim fouille dans sa valise, jusqu'au fond, vérifie chacune des pochettes, puis en déverse le contenu sur son lit. C'est drôle, son vernis à ongles n'y est pas.

Commencez-vous à voir le piège dans lequel notre poulette aux plumes violettes s'apprête à tomber? Non? Poursuivons...

— Je pensais pourtant l'avoir apporté, dit-elle.

— Il ressemblait à quoi? demande naïvement Lili.

— Ben... à un flacon!

— Laurence! reprend Lili. Aurais-tu trouvé un vernis à ongles, par hasard?

— Nah, répond l'autre (qui s'en fout autant que tout à l'heure).

Lili déplace quelques sacs, ouvre le tiroir de la table de chevet, regarde sous le lit et sous les oreillers. Puis, elle plonge la main dans la poche du manteau de Laurence. Elle en ressort la bouteille qu'elle avait « stratégiquement » déposée là quelques minutes plus tôt.

Surprise, surprise.

— Tiens ! dit-elle en brandissant la fameuse fiole. Est-ce que c'est celui-là ?

Kim n'hésite pas une seconde : c'est bien son vernis. Pas d'erreur possible : ses initiales sont dessus. C'est que Kim identifie toutes ses possessions depuis que son oncle, qui habite aux États-Unis, lui a offert une machine à étiqueter pour la féliciter de s'être fait enlever les amygdales, il y a deux ans. Mais c'est une autre histoire.

— Il était où ? demande Kim en reprenant son bien.

— Dans ton manteau, là...

Kim regarde le blouson rose sans doublure étendu sur le lit. Ce n'est pas le sien. C'est celui de Laurence. Elle serre les poings. Son teint adopte la teinte Rouge Inferno n° 12. Exactement la même que le vernis à ongles. Elle s'élance vers Laurence et lui agite le flacon sous le nez. Elle fulmine.

— Tu pensais que je REMARQUERAIS PAS !

— Quoi ? Mais, de quoi tu parles ? répond Laurence (qui, soudainement, s'en fout moins que tantôt).

— FAIS PAS TON INNOCENTE, LAURENCE KIM, TU SAIS TRÈS BIEN DE QUOI JE PARLE !

On n'a jamais vu Kim dans une colère pareille. Elle a le visage en feu et des dards dans les yeux. Hors d'elle, la betterave se jette dans les affaires de l'asperge.

— M'AS-TU VOLÉ AUTRE CHOSE?

Lili regarde la scène en souriant, fière de son coup. Provoquer une chicane entre ces deux pestes, c'est précisément ce qu'elle cherchait...

🔍

14 h 55.

Son ordinateur portable sous le bras, Simon prend le faux air paniqué qu'il vient tout juste de répéter devant le miroir. Il frappe à la porte de la chambre de Charles Fortan. *Toc toc toc toc toc toc toc toc toc...*

Fortan interrompt les coups en ouvrant. Il sort de la douche. Ses cheveux blond-gris sont encore mouillés, il ne porte qu'un t-shirt et un bas de pyjama (beige, naturellement).

— J'ai perdu le fichier de la présentation! s'écrie Simon en montrant son ordi.

— Quoi? Mais qu'est-ce qui s'est passé?

— Je ne sais pas...

Bienvenue dans la suite du Plan d'enfer. L'objectif: entrer dans la chambre de Fortan. Comment? En inventant un bogue informatique. Car vous aurez compris que la présentation multimédia que Simon a préparée pour la conférence est en lieu sûr. Simon a seulement changé le nom du fichier et l'a caché quelque part sur son disque dur, dans un dossier intitulé « Divers ». Cette disparition, en fait, n'est qu'un prétexte pour entrer dans la chambre de Charles Fortan.

Jusqu'ici, tout va comme sur des roulettes. Simon est entré chez le grand méchant loup. Il regarde sa montre. 14 h 56. Prochaine étape : faire sortir le loup de sa tanière.

Lili devrait arriver d'une seconde à l'autre...

— Tu as sûrement touché à quelque chose... dit Fortan après avoir effectué une recherche sommaire dans l'ordinateur. On ne peut pas donner la conférence sans la présentation !

— Solide ! Je sais ! C'est pour ça que je suis venu te voir !

— Je ne comprends pas... Tout fonctionnait pourtant, il y a deux jours, à la répétition générale...

— Je n'y étais pas, à la générale... J'étais chez l'optométriste, moi. Mais, quand j'ai ouvert le portable tantôt pour réviser la conférence, je me suis rendu compte que le fichier n'était plus là...

Simon a des trémolos dans la voix et l'affolement imprimé dans le visage. On dirait presque qu'il va pleurer. À quand l'Oscar du meilleur acteur dans un rôle dramatique ?

Q

14 h 57.

— Qu'est-ce qu'il y a encore? dit Fortan en se dirigeant vers la porte. Derrière, Lili est là, tout aussi paniquée que Simon.

— Charles! Viens! Kim et Laurence s'arrachent les cheveux! Il faut les arrêter!

Lili tire l'éditeur par la manche en le pressant de sortir.

— O.K., attends-moi, Simon... J'en ai pour une seconde.

La diversion a marché. L'attention de Charles Fortan est prise ailleurs. Simon a le champ libre.

C'est presque trop facile. Simon a du mal à y croire. Il est presque déçu. C'est vrai: si Fortan était un véritable espion, jamais il ne l'aurait laissé dans sa chambre sans surveillance. Ou alors, c'est le pire espion de l'histoire de l'humanité.

Tant pis pour lui.

Simon est donc seul dans la chambre de Charles Fortan. Je répète: seul dans la chambre de Fortan. Il est 14 h 59. Il a au moins cinq bonnes minutes devant lui avant que Fortan revienne. L'opération «Diversion» entre dans son étape la plus périlleuse. S'il se fait pincer, tout est foutu.

Simon ouvre la penderie et tâte les poches du parka de Fortan. Rien. Il jette un œil dans la salle de bain. Le miroir est encore embué par la douche récente de l'éditeur. Autrement, pas le moindre micro en vue. De retour

dans la chambre, il s'attaque à ses bagages.
Cependant, avant de toucher à quoi que ce
soit, il photocopie mentalement le contenu
de la valise de Fortan. Quiconque ayant déjà
fouiné dans la garde-robe de ses parents à
la recherche d'un cadeau de Noël caché sait
que, pour ne pas se faire prendre, il s'agit de
fouiller sans laisser de trace. C'est un art.

Simon ouvre le couvercle de la valise.
Entre quelques paires de bas beiges et un
rasoir de voyage, il tombe sur un long gant
gris fait de ce matériel moulant (le nom
m'échappe) dont on fabrique les cuissards
des cyclistes. Pas d'erreur, c'est bien celui
que Fortan portait lorsqu'il l'a endormi dans
son cauchemar. À vue de nez, ces gants n'ont
pourtant rien de spécial. Ils sont toutefois
enroulés autour d'un livre en format de
poche. Simon prend délicatement l'ouvrage.
Il possède une curieuse couverture de plastique noir, semblable au toucher à l'embal-
lage des pots de yogourt.

Simon n'avait jamais vu de livres en
plastique avant aujourd'hui. Intrigant. Il lit
le titre : *Le Plus Grand Secret du monde*. Très
intrigant.

Sous le titre, le nom des auteurs : « Par
Lili Piccione et Simon Pritt ».

Pire qu'intrigant.

Simon se frotte les yeux et relit le titre
au complet.

Le Plus Grand Secret du monde, par Lili
Piccione et Simon Pritt.

Ses genoux flanchent. Littéralement. Il a une réaction difficile à décrire, car extrêmement rare. Imaginez une sorte de suffocation causée par un os de poulet coincé en travers de la gorge, par exemple, mélangée à un relâchement complet des muscles des jambes et des bras. C'est ce qu'on appelle la « surprise de sa vie ». Un événement qu'on ne vit, par définition, qu'une fois dans sa vie.

Bref, Simon s'effondre en suffoquant.

Il n'a pas la berlue. Oui, il tient bel et bien entre ses mains un livre en plastique apparemment signé par Lili et lui. Comment diable est-ce possible ?

Simon vire l'ouvrage pour lire la description au dos. C'est alors qu'il manque de perdre conscience. En chutant, il se cogne le coude sur la table de chevet ouille ! et percute la lampe avec sa main.

Il se ressaisit néanmoins, reprend le livre et regarde à nouveau la photo.

— C'est pas possible ! se dit-il.

Pas possible, en effet, mais vrai. C'est bien un portrait de lui et de Lili qui est imprimé au dos de l'ouvrage. Ils sont par contre plus âgés. Le Simon Pritt de l'image porte une barbe de trois jours au menton. Il a le crâne rasé et un visage rond étranglé par une cravate. C'est lui, en ADULTE ! Seul son regard n'a pas changé d'un cil. Lili, quant à elle, a tout d'une femme dans la trentaine. Les cheveux plus longs. Les paupières un peu tombantes. Des rides entourent sa fine bouche comme des guillemets.

Ce livre vient du futur. Il n'y a pas d'autre explication. Simon lit la notice biographique à côté de la photo :

Lili Piccione et son mari, Simon Pritt...

SON MARI ! crie-t-il dans sa tête.

Cette fois, c'est son cœur qui flanche. Il cesse de battre. Deux surprises d'une vie à encaisser dans la même minute, c'est trop d'émotions pour ses pauvres ventricules. Malgré tout, il reprend la lecture de la notice biographique :

... se connaissent depuis leur tendre enfance. Ils ont toujours entretenu une fascination pour les phénomènes étranges. Ils livrent dans cet ouvrage le fruit d'une enquête qui s'est étendue sur plus de vingt ans.

C'est alors que le téléphone posé sur la table de chevet sonne. *Drilidrilidrilidrili drili !*

Selon le Plan d'enfer, Lili devait avertir Simon du retour de Charles en téléphonant à sa chambre. *Pas maintenant ! Pas maintenant !* se répète Simon. Il ne peut pas en rester là, à lire la couverture d'un livre importé directement du futur. Lili doit absolument le voir... Mais si Simon vole le livre, Fortan s'en apercevra. Réfléchir. Il n'a que dix secondes pour réagir. Réfléchir, réfléchir. Il ouvre l'ouvrage et en déchire une page vers la fin, la plie et la glisse dans sa poche. Puis, il referme le bouquin et le range à sa place dans la valise avant de retourner devant l'ordinateur portable.

Comme si rien ne s'était passé.

La seconde d'ensuite, Fortan entre dans la chambre.

— Alors, ça fonctionne? demande-t-il en s'approchant de Simon.

— Oui... je l'ai retrouvé dans mon dossier « Divers ». C'était bête comme problème, fait Simon en tentant aussi fort que possible d'avoir l'air naturel.

Il referme son ordinateur portable et se lève.

— Bon... eh bien, moi, j'y vais... À tantôt, Charles. Merci!

Et Simon quitte la chambre de Fortan. Mission accomplie.

Q

Charles est seul. Il est assis sur son lit à l'édredon gris anthracite rayé or. Son regard s'accroche sur sa lampe de chevet. Elle est étrangement décoiffée. L'abat-jour est tout de travers. Le téléphone sonne.

Drilidrilidrilidrilidrili!

Fortan étire le bras et attrape le combiné sans quitter la lampe des yeux.

— J'écoute.

— Ai-je bien entendu? Avez-vous laissé Simon seul dans votre chambre? dit la Dame.

— Euh... oui. Mais j'étais juste à côté en train...

— Êtes-vous devenu fou, Charles ?

Pour une oreille inexercée, la voix sereine et la voix furieuse de la Dame sont pratiquement identiques. Fortan sait par contre reconnaître la subtile différence entre les deux. Et en ce moment, la Dame est d'humeur volcanique : elle fume de colère.

— Mais je ne suis sorti qu'une minute, dans la chambre d'à côté, pour...

— Vous n'êtes pas au camp de vacances, Charles ! Si vous voulez saboter notre projet, dites-le !

— Pas du tout, mais...

— Assurez-vous que Simon n'a rien touché. Vous comprenez ce que je veux dire ? Assurez-vous qu'il n'a pas touché à...

— Je sais, je sais... Je vérifie.

Clac.

Charles ouvre immédiatement sa valise. Au premier coup d'œil, tout semble en ordre. Il prend aussitôt le fameux livre dont Simon et Lili sont les héros. Avant de l'examiner de plus près, il vérifie autour que personne ne le regarde. Bien sûr, il est seul. Fortan reprend le livre et le feuillette un peu. Tout semble normal. Puis, son visage blêmit d'un coup. Un frisson de stress lui crispe les épaules.

Une page a été déchirée.

Fortan saute sur le téléphone et compose nerveusement le numéro en gémissant, pour lui-même, des : « Non, c'est pas vrai ! »

— J'écoute, répond la Dame.

— Vous aviez raison... Quelque chose s'est produit. Il manque une page au livre...

— Simon?

— Je ne peux pas le confirmer, mais c'est très probable.

Au bout du fil, un silence. Charles entend la Dame prendre une profonde inspiration.

— Charles, finit-elle par dire avec une voix grave[6], avez-vous seulement la moindre idée de ce qui pourrait se produire si les jeunes découvraient ne serait-ce qu'un mot de ce livre?

— Oui. Bien sûr que oui. Devrions-nous les ramener dans le temps à nouveau, comme nous l'avons fait chez Barnumans?

— C'est hors de question. Les Diffuseurs ont probablement toutes leurs antennes braquées sur eux. Je suis certaine qu'ils n'attendent que cela, qu'on enlève Simon et Lili... Alors, nous leur fournirions des preuves supplémentaires. Celles qu'ils recherchent pour violer notre secret. Non, Charles, nous devons jouer de finesse...

— Compris...

— Seulement, et je suis désolée de vous le dire, Charles, la finesse... ce n'est manifestement pas votre département.

— J'ai commis quelques erreurs, oui... mais...

---

6. Précision: pas « grave » dans le sens de « bas » (comme une note grave), mais bien « grave » dans le sens de « l'heure est grave ».

— Épargnez-moi vos « oui, mais », Charles. On n'atteint pas la perfection avec des « oui, mais ».

Piqué dans son orgueil, Charles aurait bien répondu : « Oui, mais… », sauf que dans les circonstances, ce serait chercher les ennuis. Il commence à en avoir plein les caleçons, passez-moi l'expression, de toute cette histoire, de la Dame, du secret. En lui-même, il se dit : *Pourquoi ai-je quitté le journalisme pour ça ? J'avais une carrière, j'étais respecté. Pourquoi ai-je voulu devenir un Homme en beige et être traité comme un moins que rien par cette pimbiche ?*

— On ne dit pas « pimbiche », mais « pimbêche », Charles. Un journaliste tel que vous devrait le savoir. Je peux lire dans vos pensées, vous semblez avoir tendance à l'oublier. Mais je comprends vos questionnements… Pour le moment, assistez à votre conférence, comme prévu. De notre côté, nous tenterons de trouver une solution pour ce qui est de la page volée…

Clac !

Cette fois, c'est Fortan qui a raccroché. En beau pétard, il sort de sa chambre au pas de course et frappe à la porte des garçons. Il frappe fort.

TOC ! TOC ! TOC ! TOC !

Non, pas question… Il ne laissera pas deux adolescents le faire passer, lui, Charles Fortan, pour le dernier des crétins.

①③ Simon a la page

15 h 03.
Cinquante-sept minutes avant la conférence.
D'ici là, tout peut arriver.

Dans l'ascenseur qui monte lentement, Simon ouvre la bouche mais ne parvient pas à produire des mots dignes de ce nom.

— J... j... je... j...

Il semble fragile comme un château de cartes. La moindre pichenotte et il s'écroule. L'adrénaline, cette hormone magique sécrétée par le système nerveux pour aider l'humain à affronter le danger, lui a donné la force de voler la page du livre et de sortir de la chambre de Fortan tout en ayant l'air parfaitement décontracté. Mais l'adrénaline est tombée. Et ce n'est qu'en ce moment que Simon ressent le véritable poids de cette feuille de papier. Je ne parle pas de son poids réel (en grammes): elle pèse une plume. Je parle de son poids symbolique. Je parle du fait de posséder la page du futur d'un livre du futur imprimé sur du papier provenant de la pulpe d'un arbre qui n'a probablement pas encore été coupé. On a vu au cours de cette aventure que toutes sortes de choses peuvent survenir n'importe quand et n'importe où. Mais ça...

... C'est une chose qui n'arrive jamais.

Q

À voir la vitesse à laquelle il marche, on pourrait croire que Charles Fortan a une furieuse envie d'uriner. C'est bien pire. Il a un problème d'une autre catégorie sur les bras. Simon n'était pas dans sa chambre. Lili non plus. Ou plutôt, Lili n'était pas dans la chambre de Simon ET elle n'était pas dans sa chambre non plus. En résumé, aucun des deux héros de cette histoire ne se trouvait dans aucune chambre d'hôtel. Charles Fortan ignore où ils sont. Il craint, encore une fois, d'avoir «perdu le contrôle».

Il presse le pas. Il jogge presque.

Q

— Alors? Parle! insiste Lili.

— J'ai... dans la valise de Charles... j'ai trouvé un livre.

— Quel livre?

— Un livre... solide! Je n'y comprends rien!

— Quel livre? Poutine, parle!

— Un livre qu'on a écrit, toi et moi...

— Hein?

Lili se serait attendue à un truc du genre: un grimoire de sorcellerie, un manuel pour fabriquer une bombe atomique, un livre de recettes pour cannibales... N'importe quoi! Mais pas ça!

— J'ai trouvé un livre qu'on va écrire toi et moi... dans vingt ans!

— Qu'est-ce que tu veux dire par là, *dans vingt ans*?

— Lili, écoute-moi bien, fait Simon en prenant son amie par les épaules. On va écrire un livre intitulé *Le Plus Grand Secret du monde* dans vingt ans. Fortan en a un exemplaire et j'en ai déchiré une page...

— Montre!

Ding!

Les deux figent. Douzième étage. Les portes s'ouvrent sur un couple de vieillards qui empestent le parfum de pharmacie. Follement amoureux, ils s'agrippent par la taille comme de jeunes amants.

— Ça descend? dit l'homme avant d'entrer.

— Ça descend, ça descend, répond Lili, qui a du mal à camoufler son agacement.

Trois étages plus tard, les tourtereaux de l'âge d'or arrivent à destination et nos deux amis peuvent reprendre leur conversation.

— Montre-moi la page! demande Lili avec insistance.

Simon sort son étui à lunettes et l'ouvre. Il prend l'enveloppe plastifiée de son linge en microfibre. À l'intérieur, la feuille est là, soigneusement pliée.

— Tiens... dit-il.

Ding!

— Poutine d'ascenseur! ronchonne Lili.

Elle cache le bout de papier dans sa poche en le chiffonnant avec empressement. Les portes s'ouvrent. Une délégation japonaise entre en placotant bruyamment dans sa langue maternelle. Nos deux amis se retrouvent soudainement écrasés dans un coin, tandis que tout ce beau monde s'entasse dans la cage exiguë. On dirait l'heure de pointe dans le métro de Tokyo. Heureusement, deux étages plus bas...

Ding!

Simon et Lili ont à nouveau de l'espace pour bouger, respirer, parler. Lili ressort la page du livre du futur de sa poche. Simon appuie sur le bouton pour monter au vingt-deuxième. Le plus haut possible. Ils devraient avoir la paix pour (au moins) un petit moment.

$$\mathcal{Q}$$

Au moment de virer à gauche, Charles Fortan tombe sur un type d'approximativement deux mètres de hauteur et maigre... un vrai sac d'os. Il a une tête à donner froid dans le dos. Il est vêtu d'une combinaison couleur vanille, ses yeux noirs sans cils lui donnent un regard sinistre.

Fortan le connaît. C'est un Homme en beige.

— Qu'est-ce que tu fiches ici, Braün ? lui demande-t-il.

Braün ne se déplace jamais pour des broutilles. Fortan le sait. Quand ce squelette sort de son placard, on envisage le pire.

— La Dame, siffle l'inquiétant personnage en montrant du doigt la valise qui pend au bout de son bras. Elle m'a ordonné d'intervenir.

— Je n'ai pas besoin de ton aide, Braün.

Un sourire irritant se dessine sur la face du grand maigre. Sa bouche est remplie de minuscules dents et d'au moins cinq centimètres de gencives. Ce n'est pas un sourire amical : plutôt celui de quelqu'un qui se réjouit du malheur de l'autre.

Fortan fronce les sourcils et repart, en rogne. Il en a marre.

Marre, marre, marre...

$$Q$$

Lili défroisse la page avec soin en la lissant sur une paroi de l'ascenseur. Elle lit le texte à voix haute :

— ... d'autant plus que cette première nuit dans cette ville nous rendait fébriles. Avant que nous fussions prêts à nous mettre au lit, on frappa à la porte de notre cabine. Charles Fortan. Il avait eu l'amabilité de nous rapporter quelques vivres, nous qui n'avions rien avalé depuis notre arrivée dans la cité. « Voilà de quoi vous rassasier, dit-il en entrant. De délicieux fruits importés des serres de Titor. » Simon et moi jetâmes un œil suspicieux au contenu du plateau. Jamais nous n'avions vu de tels fruits auparavant. « Ne faites pas ces têtes-là, nous lança Fortan en riant. Ce sont des croisements génétiques. À cause de la surpopulation, il était devenu impensable de continuer à manger de la viande. La production de bœuf, par exemple, nécessite de grands espaces, énormément d'énergie, en plus de générer trop de pollution. Quelques années avant de lancer l'opération *Titor*, les gouvernements du monde entier ont donc décidé d'interdire la consommation de viande pour tous, sauf une fois par an, le jour de notre anniversaire. Du coup, les généticiens se sont mis à inventer toutes sortes de légumes originaux et délicieux pour rendre le menu végétarien plus attrayant. Notamment, ils ont pris le meilleur des fruits connus et en ont inventé de nouveaux. » Pendant que Fortan parlait, Simon tâta d'une main curieuse une sorte de melon miel très rouge et à pelure mince, doté d'une longue tige. « C'est une cerise-melon, ajouta Fortan. Le même goût que la cerise, mais dans un format melon ! » Je fus pour ma part attirée par d'étonnantes baies qui ressemblaient à des canneberges, mais à la peau légèrement velue et marron. « Des kiwis-popcorn, m'expliqua Fortan. De délicieuses grignotines. » Nous étions tous les deux complètement fascinés par le contenu du plateau. « Maintenant, dormez bien, nous dit Charles Fortan avant de s'en aller. Nous avons une grosse journée demain. » Par la suite, nous connûmes d'autres de ces fruits et légumes fantastiques : du brocoli-bonsaï, une pomme-pâte à modeler – que l'on façonne à sa guise avant de la croquer –, une salade à lire (des feuilles de laitue sur lesquelles on a imprimé du texte)... Tout

Et c'est ici que la page se termine.

— « Tout » quoi ? demande Lili.

Impossible de le savoir.

— Tu réalises l'importance de ce qu'on tient là ? poursuit-elle en regardant Simon avec des yeux grands comme des pièces de deux dollars.

— Tu penses qu'on va vraiment vivre ce moment ? Titor, c'est où ? C'est dans le futur ? Je ne comprends pas...

— On connaît ce mot... Souviens-toi, « Titor », c'est le mot qui était gravé sur la plaque qu'on a trouvée dans le trou de virullite... Il y avait un chiffre qui l'accompagnait. Poutine ! Je l'ai oublié !

— Si seulement on avait le livre...

— Mais, attends une minute... POUTINE ! Si c'est réellement notre avenir, alors peut-être qu'on vient de modifier notre destinée en lisant cette page...

— Hein ? Pourquoi ?

— Penses-y ! Disons qu'un gars sait d'avance qu'en prenant son auto tel matin, il aura un accident, qu'est-ce qu'il fait ?

— Ben, il ne prend pas son auto.

— Exact ! Donc, il agit pour changer son destin !

— Oui, mais, dans notre cas... reprend Simon. On ne sait pas grand-chose...

— On sait par contre qu'on se trouve dans une cité du futur, que Fortan est là et qu'il nous apporte des fruits qui n'existent pas... C'est déjà énorme !

— Fortan viendrait donc du futur... avance Simon.

— Je ne sais pas... Mais c'est dans le domaine du possible, suggère Lili.

— J'y pense... tout le monde le croyait mort ? C'est peut-être une explication ? Il est disparu pendant huit ans... Peut-être a-t-il voyagé dans l'avenir, et il est revenu avec ce livre pour nous anéantir ?

— Hummm, réfléchit Lili en replaçant une mèche de cheveux derrière son oreille. Je pense qu'il est à Grise-Vallée pour nous surveiller, exactement comme l'a dit l'homme aux lunettes de soleil. C'est un Homme en beige.

— T'as raison... c'est logique. Mais... qu'est-ce qu'on fait, maintenant ?

— On tient ça mort.

Ding !

Simon et Lili se taisent. Simon reprend la page, la replie soigneusement et la dépose dans son étui à lunettes.

Les portes de l'ascenseur s'ouvrent. Fortan est là. Nos deux héros se crispent. Sait-il pour la page ? Sont-ils fichus ? L'éditeur du *Cratère* est essoufflé. Il a les deux mains sur les hanches et les traits de son visage expriment l'inverse de la bonne humeur.

— Vous aviez encore besoin de vous dégourdir les jambes, j'imagine ? lâche-t-il après un silence qui en dit (très) long.

①④ Un humide incident

16 h 02.
Ce chapitre est déconseillé aux personnes faites en chocolat.

Chacun de nous est entouré d'une sphère invisible. Une bulle, si vous voulez, qui délimite la frontière entre son intimité et le monde extérieur. On ne la voit pas, on ne la sent pas non plus, mais lorsque quelqu'un la perce, on le sait tout de suite. Une personne vous parle, son visage est à moins de dix centimètres du vôtre, vous devinez ce qu'il a mangé pour déjeuner en vous fiant à l'odeur de son haleine : il est dans votre bulle. Dans l'autobus, un monsieur énorme s'assoit sur le siège voisin et vous colle de beaucoup trop près : il est aussi dans votre bulle. Les savants appellent cette enveloppe la « distance proxémique ». Inutile de retenir ce terme, cependant, à moins de vouloir impressionner quelqu'un avec des mots à cinquante dollars.

La façon dont le public s'installe dans une salle de spectacle nous permet d'observer comment l'homme préserve sa bulle. Prêtez-y attention, la prochaine fois que vous irez au cinéma. Voici ce qui se passe.

1) Une première personne entre. Puisqu'elle a l'embarras du choix, elle choisit

la meilleure place, soit au milieu de la salle.

2) La deuxième personne, quant à elle, doit réfléchir un peu plus. Il lui faut choisir une bonne place, mais une qui n'est pas directement à côté de la première personne déjà assise. Habituellement, elle finit par s'asseoir deux rangées devant ou derrière.

3) Et il en sera ainsi pour les troisième, quatrième, cinquième, sixième, septième personnes qui entreront dans la salle. Tout le monde recherchera le meilleur rapport « bonne place/le plus loin des autres » possible.

4) Viendra alors le moment fatidique où quelqu'un entrera dans la salle et, faute de sièges libres, sera forcé de s'asseoir tout juste à côté de quelqu'un. Cela, on le devine par son air mécontent, l'ennuie un peu.

La nature est ainsi faite. Alors que les chiens se reniflent l'arrière-train lorsqu'ils se croisent, nous, les humains, cherchons par tous les moyens à ne pas toucher l'autre.

Dans un bourdonnement de chuchotements, la salle de conférence se remplit peu à peu. Le public fait comme chez lui. Il n'y a pas encore lieu de s'inquiéter : on compte toujours au moins une chaise vide entre chaque participant. Ceux qui sont déjà assis discutent entre eux. « *Le Cratère* ? C'est quoi, au juste?» chuchote l'un. «Tu sais bien... l'affaire du cristal qui pousse...» répond l'autre. «Ah oui... ça me dit quelque chose...»

Sur une table près de la scène, Lili révise ses notes. C'est surtout pour s'occuper les mains et les yeux, car elle connaît son discours comme si elle l'avait tricoté. Un peu plus loin, Simon pianote sur son ordinateur portable. Il s'assure du bon fonctionnement de la présentation multimédia. Yann, quant à lui, étire le bras pour atteindre le pichet d'eau. Il s'en verse un grand verre et l'avale d'une traite.

— Test, un, deux... dit Charles Fortan, derrière le micro. Bon, on va pouvoir commencer... J'inviterai donc Kim Laurence et Laurence Kim à venir nous dire quelques mots d'introduction.

À l'appel de Fortan, les deux-jumelles-inversées-mais-de-noms-seulement se lèvent et s'avancent vers le lutrin. Applaudissements polis. Elles portent leur chapeau de fête fait de vieux exemplaires du *Cratère*, mais il n'y a rien d'autre de festif dans leur visage. Les cendres de leur chicane fument toujours. Il suffirait d'un simple coup de vent pour que le feu reprenne.

Sauf que Laurence en a jusque-là de cette chicane. Assez, c'est assez. Déjà qu'elles ont gâché un week-end pour quelques mots d'un discours... Et dire qu'elles auraient pu virer la chambre d'hôtel sens dessus dessous, courir dans les corridors en riant trop fort, commander un déjeuner au lit...

Laurence est prête à enterrer la hache de guerre. Il est un peu tard, en effet. Mais quand même : qu'est-ce que l'échalote pourrait bien faire pour rendre sa betterave moins amère ? Les deux filles grimpent les trois marches menant à la scène.

— Commence ! chuchote alors Laurence dans l'oreille de Kim.

— Quoi ? répond l'autre.

Kim croit avoir écopé de tous les mots pouiches[7] ? C'est un problème qui se règle aisément. Laurence n'a qu'à laisser sa place à Kim, qui héritera du coup des « bons » mots. Vous suivez ?

— Je te laisse commencer le discours, vas-y ! insiste notre branche de céleri.

Kim se présente devant le micro. Elle hésite. Laurence lui souffle un « vas-y ! » des yeux. Puis, la boule mauve contemple le public et se lance, avec tout de même un léger doute dans la voix.

Kim : « Euh... Merci d'être venus... »
Laurence : « ... à cette... »
Kim : « ... super-conférence... »
Laurence : « ... portant sur le... »
Kim : « ... journal *Le Cratère* ! »

Kim a maintenant tous les mots « parlants » ! Nos deux mauvaises herbes échangent un regard. Et un sourire. Fini la chicane !

---

7. Pour les détails, relire la chicane ridicule en page 35.

Il suffisait de si peu. Tout ce qu'il fallait, en fait, c'est que Laurence mette un peu d'eau dans son vin.

Q

Braün n'a eu aucune difficulté à pénétrer dans la chambre des garçons. Une carte magnétique trafiquée, et voilà le travail.

Les lits sont défaits. Les serviettes de bain gisent un peu partout. Les valises sont éventrées sur le sol. La femme de ménage n'est pas encore passée. Pour éviter d'être surpris par elle, l'Homme en beige accroche l'écriteau « Ne pas déranger » à la poignée de la porte.

Il peut fouiller en paix. Plus tôt au téléphone, la Dame lui a demandé de trouver une page déchirée dans les bagages de Simon. Il vise un sac de sport ouvert au pied d'un lit. Des sous-vêtements, une brosse à dents, quelques paquets de gomme. Mais pas de trace d'une page. Il porte ses recherches ailleurs.

Dans la poche d'un manteau accroché dans la penderie, Braün met la main sur une feuille lignée soigneusement pliée. Il l'ouvre et trouve une note manuscrite.

Si c'est O.K. pour Toi, je voulais Te dire que j'ai des sentiments pour Toi, mais si Toi Tu n'en as pas, c'est O.K. pour moi.

Ce n'est pas une page déchirée, mais c'est ce qui s'en approche le plus, pense l'Homme en beige.

Il ouvre la mallette qu'il a apportée avec lui et en sort une sorte de tube métallique. Il appuie sur un bouton, presque invisible, situé à l'une de ses extrémités. Une fine ligne lumineuse s'allume sur le côté du bidule. À l'aide de cet appareil, il scanne la feuille lignée. Il remet ensuite la note à sa place, dans la poche du manteau. Seize secondes plus tard, le téléphone cellulaire de l'Homme en beige retentit. *Toudidoudidoudadidou!*

— J'écoute, dit-il.

— Qu'est-ce que c'est que ce truc? répond la Dame. Ce n'est pas ce que l'on attendait. Cherchez encore. Cherchez partout.

— J'ai pourtant passé la chambre au peigne fin!

— Je vois... Simon a probablement gardé la page sur lui.

— Peut-être... Alors, qu'est-ce qu'on fait?

— Laissez-moi y réfléchir, Braün. Je vous rappelle.

Blip! L'homme-squelette referme le capot de son cellulaire. Il n'a pas le temps de le ranger qu'il sonne à nouveau. *Toudidoudidoudadidou!*

La Dame pense vite.

— J'écoute.

— J'ai une idée pour récupérer la page, dit-elle. On va noyer le poisson...

Laurence : « Merci ! »

Kim : « C'est maintenant au tour de Lili Piccione... »

Laurence : « ... de venir vous dire quelques mots. »

Les applaudissements polis reprennent. Même s'il s'agissait d'une belle leçon d'amitié, visiblement, le public présent n'a pas trouvé le début de cette conférence très captivant. Même que deux ou trois personnes ont quitté la salle. Lili est nerveuse.

Garder son calme, surtout garder son calme, pense-t-elle. Le trac, elle l'a. Elle croyait pouvoir s'en sauver, mais non. Son esprit se met à générer un milliard de pensées négatives. Et si son discours est mauvais ? Et si d'autres journalistes se lèvent et s'en vont pendant qu'elle parle, comment devra-t-elle réagir ? Et si elle se plantait royalement ?

Garder son calme, surtout garder son calme.

Lili se racle la gorge. De son lutrin, elle voit tout. Ceux dans l'assistance qui se soufflent des commentaires à l'oreille. Ceux qui lisent le programme du congrès au lieu d'écouter la conférence. Ceux qui dorment. Ceux qui écoutent, les bras croisés, avec des airs d'enterrement. Ceux que la conférence intéresse et qui attendent la suite le sourire aux lèvres.

Fortan est là, assis dans la première rangée, tout de beige vêtu. Il fixe Lili de ses yeux pénétrants.

— Informer, commence-t-elle, la voix tremblante, c'est dire la vérité. Toute la vérité.

Lili regarde Fortan droit dans les yeux.

— Une des premières leçons que notre éditeur, Charles Fortan, nous a enseignées lorsqu'il est arrivé au *Cratère*, c'est qu'un bon journaliste doit voir ce que les autres ne voient pas... C'est vraiment vrai. Quand on prête attention à ce qui n'est pas directement sous notre nez, on découvre un million de choses étonnantes.

Simon écoute Lili en se grattant le fond du cuir chevelu. Il ne comprend pas ce qu'elle fait. Elle était pourtant supposée parler de leur enquête sur le cristal qui pousse. Dans sa présentation multimédia, Simon n'a d'ailleurs que des photos de la virullite...

— Pourquoi êtes-vous venus à cette conférence aujourd'hui ? continue Lili en battant des bras. Pourquoi ce village se nomme-t-il « Gorges-Profondes » ? Pourquoi cet hôtel a-t-il été construit ici ? Vous voyez ? On trouve des « pourquoi » partout...

Sa vieille amie, d'ordinaire hyperpréparée, est en train d'improviser. Elle invente son discours au fur et à mesure ! Pourquoi ? Voilà une question qui mérite d'être posée. Ce congrès bourré d'imprévus aurait-il fini par lui brûler quelques neurones ?

— Le monde, en fait, est un gros point d'interrogation, s'entête Lili.

Ce que Simon ignore, c'est qu'à travers son discours Lili parle à Charles Fortan. Elle le fixe encore de ses deux yeux. Derrière le volant de son minibus, l'éditeur leur avait dit qu'ils rencontreraient des gens intéressants à ce congrès. Faisait-il référence à lui-même ?

Car Lili et Simon ont rencontré un nouveau Charles Fortan. Un type mystérieux. Une énigme sur deux pattes. Mais surtout, un Homme en beige dont la mission est de les tenir à l'écart du plus grand secret du monde.

Ce n'est pas rien.

— Je sais, je ne suis qu'une simple jeune journaliste d'un journal scolaire d'une ville minuscule où il ne se passe jamais rien d'excitant. Faux et archifaux. Il se passe beaucoup de choses à Grise-Vallée. Prenez l'incroyable histoire du cristal qui pousse...

Et c'est ainsi que Lili revient au programme prévu. Simon souffle de soulagement. En fin de compte, cet exposé sur le journalisme n'était qu'un long préambule.

Simon montre les images de virullite de leur enquête à l'écran. Le public n'y a vu que du feu. Seul Fortan, si on se fie à son air gravissime, semble avoir été happé par cette intro surprise.

Tandis que Lili raconte en détail l'histoire du cristal qui pousse, du vol au Musée de la météorite jusqu'à leur sauvetage dans la grotte aux sabres laser, elle voit la porte s'entrouvrir à nouveau au fond de la salle. Un retardataire ?

Une tête passe par l'ouverture. Un long nez, des yeux globuleux, un teint pâle, une prémoustache. Puis, Éric-François apparaît au grand complet. Son père est à ses côtés et lui agrippe le bras tandis que sa mère se tient derrière. Notre patient fraîchement sorti de l'hôpital, malgré sa démarche chancelante, affiche la détermination de vaincre sa timidité. Il s'avance vers la scène. On sent qu'il mobilise toutes ses forces pour garder la tête haute et ne pas se traîner les pieds. Lili interrompt son discours. Un silence plane dans la salle.

— Mesdames et messieurs, lance-t-elle dans le micro, je vous présente un autre membre du *Cratère*. Il a fait tout un voyage aujourd'hui. Voici Éric-François Rouquin.

Tout le monde se retourne vers le chroniqueur. Devant, à la première rangée, Bob Paca se lève et s'accroupit dans l'allée. Il photographie Éric-François sous tous les angles... On entend des chuchotements dans la salle. « C'est le garçon qui a piqué une crise au lunch ? » « On dirait qu'il va mieux... » Puis, le public commence à applaudir celui qui, quelques heures auparavant, luttait contre l'attaque vicieuse d'un ananas.

Digne, il monte sur la scène. Lili se pousse sur le côté pour lui laisser la parole.

Avant de commencer son discours, il déglutit et se tourne vers Lili.

— Pourrais-je avoir de l'eau, s'il vous plaît ? demande-t-il d'une voix ténue et tremblotante qu'il tente au mieux de dominer.

Lili n'a pas le temps d'exaucer ce simple souhait. Au même moment, on entend comme un cliquetis provenant du plafond. Un *clic !* sournois, inhabituel, immédiatement suivi par un *PSCCHHHHHHT !* sonore... et trempé.

— Les gicleurs ! hurle quelqu'un au fond de la salle.

En moins de deux secondes, les vingt-deux gicleurs de la salle de conférence arrosent la foule d'eau froide. Personne n'est épargné.

— Au feu ! crie une femme.

— AaaaaAAAAiiiiiiiiiiIIIIIh ! renchérit le reste de l'assistance en fuyant ce déluge.

Les gens tentent de se protéger de l'averse avec les moyens du bord. Documents, vestons, mallettes : tout se transforme en parapluie de fortune.

L'ordinateur portable de Simon et le projecteur rendent l'âme en quelques secondes, dans un *bwouf !* sourd. Ces appareils ne sont pas faits en chocolat ; malgré cela, ils craignent l'eau.

Simon et Lili se précipitent dehors, comme tout le monde, tandis que l'eau glacée tombe sur eux et pénètre leurs vêtements. Le tapis de la salle se transforme en véritable éponge. Tout le monde s'agglutine près de la sortie. C'est vite l'engorgement. Un bouchon se forme.

Des employés de l'hôtel tentent en vain de rassurer la foule. « Pas de panique ! » « Gardez votre calme ! »

On aura beau faire toutes les simulations d'incendie du monde, lorsqu'un feu se déclare pour vrai, c'est chacun pour soi. Quand sa peau est en jeu, au diable les conseils de prévention du chef des pompiers ! C'est dommage, mais les choses sont ainsi faites.

Coincé dans le tapon de fuyards qui obstruent la porte, Simon tient fermement la main de Lili. Enfin, s'agit-il bien de sa main ? Aucun moyen de le savoir tant la masse de gens est comprimée. Ses cheveux tombent sur ses yeux. Il n'y voit rien. Il secoue la tête et tombe nez à nez avec Fortan.

— Désolé, lui dit simplement l'énigmatique éditeur du *Cratère*.

La seconde suivante, il est disparu. Emporté par une vague humaine. Simon ne tient plus la main de Lili. Il ne tient plus rien. Où est Lili ? Il ne la voit pas, ne l'entend pas. Soudainement, pendant que la foule crie toujours, il sent ses pieds quitter le sol. Ce tsunami d'hommes et de femmes en panique le soulève. Bientôt, Simon fait du surf sur ces gens, littéralement. Les gicleurs crachent toujours des kilolitres d'eau froide. Des cheveux mouillés lui fouettent le visage. Des dizaines de mains humides s'accrochent à son corps. Il a l'impression de se débattre dans un bac rempli d'anguilles. Sortir de là. Il le faut. Tout de suite.

Vous vous souvenez de ce que je vous ai raconté au début de ce chapitre à propos de la « bulle » invisible qui enveloppe chacun de nous ? En ce moment, la bulle de Simon est trouée de partout. Je vous laisse imaginer à quel point Simon apprécie cette séance de brasse-camarade. Si je devais inscrire son niveau de confort sur une échelle de 1 à 10, je dirais que Simon est à moins trente.

Puis, il sent qu'on le tire par la manche. Quelqu'un s'agrippe à lui et le tire vers le bas. Simon se débat. Inutile. Il s'engouffre dans la foule congestionnée à la sortie de la salle. Il retient son souffle, croise quelques aisselles, frôle des visages crispés, manque d'avaler un soulier et *pouf!*

Simon atterrit directement sur le derrière. Dans le lobby. Au sec. En un seul morceau. Et par un miracle incroyable, même après ce rodéo, ses lunettes sont toujours bien en selle sur son nez.

Il prend quelques secondes pour réapprivoiser le haut, le bas, la gauche et la droite en regardant autour de lui. Les autres participants, trempés jusqu'aux os, émergent de la salle de conférence, se relèvent, tordent leurs cheveux ou se secouent la tête. Bilan provisoire : 203 mouillés, 0 blessé.

Mais surtout, il n'y a le début d'un feu nulle part. Bref, plus de peur que de mal.

— Simon ? Simon ?

En entendant prononcer son nom, Simon se tourne et voit Lili. Elle marche confusément, les cheveux aplatis et ses lunettes carrées tout de travers.

— LILI !

Pour essuyer ses lunettes recouvertes de gouttelettes, Simon plonge la main dans sa poche pour sortir son étui à lunettes.

Son étui à lunettes...

SON ÉTUI À LUNETTES !

— Je l'ai perdu ! J'AI PERDU MON ÉTUI À LUNETTES ! dit-il en sautant vers Lili.

— Et alors ? demande Lili.

— NON ! TU NE COMPRENDS PAS, panique Simon... Dans mon étui, il y avait... il y avait... TU SAIS QUOI !

Bien sûr que Lili sait quoi. Elle n'a pas besoin qu'on lui fasse un dessin. La page du futur était dans l'enveloppe de plastique. L'enveloppe de plastique était dans l'étui. L'étui était dans la poche du pantalon cargo de Simon... ET IL A DISPARU !

— Faut le retrouver ! s'écrie-t-elle.

Debout sur ses deux pieds, elle entraîne Simon dans la salle de conférence, où les gicleurs ont enfin cessé de gicler. L'endroit dégoutte. L'eau a fait friser la tapisserie sur les murs. Sinon, c'est le calme après la tempête. Les rayons du soleil s'immiscent par les grandes fenêtres, comme un visiteur timide qui a peur de déranger.

Tout le monde a débarrassé le plancher, sauf Éric-François. Il est planté comme un piquet devant le lutrin. Le pauvre, il ressemble à un chihuahua détrempé. Il tient toujours son verre dans la main. Il déborde. Il voulait de l'eau? Il est servi.

— Merci, dit-il dans un micro qui ne fonctionne plus, avant de prendre une gorgée de son verre.

La scène est à la fois triste et pissante de ridicule.

Simon et Lili n'ont pas le temps de s'y attarder. Ils se précipitent vers la scène et fouillent partout: autour de la table, sous chaque chaise renversée par la cohue (c'est-à-dire toutes les chaises). Simon se penche pour regarder sous la scène et tourne trente fois autour du cadavre noyé de son ordinateur portable.

Lili cherche aussi à quatre pattes. Elle ne trouve rien.

Puis, elle allume.

Une confusion, songe-t-elle en se relevant. *C'est le moment idéal pour piquer un étui à lunettes sans se faire prendre.* Elle en sait quelque chose, c'est ce qu'on appelle: créer une diversion. Et c'est exactement ce qu'elle et Simon ont fait pour s'emparer de la page du futur. *C'est sûrement Fortan. Qui d'autre?*

Son incroyable sens de la déduction remet les pièces du puzzle en place: les Hommes en beige ont déclenché les gicleurs afin de semer la cohue, et c'est pendant qu'on cherchait à se sauver qu'une main s'est glissée dans la poche de Simon pour lui voler son étui.

Elle n'en a pas la preuve, mais pour Lili, il n'y a pas d'autre explication possible.

— Tu ne retrouveras pas ton étui, dit-elle
à Simon en interrompant ses recherches.

— C'est sûr qu'il n'est pas loin! Il ne peut
pas avoir disparu! Cherchons! Cherchons!

— Simon, regarde-moi, insiste Lili en
attrapant Simon par le bras. Ton étui est
perdu. Tu ne le retrouveras pas. Tu comprends ce que je veux dire? Il est perdu.

①⑤ Le calme
après les gicleurs

16 heures quelque chose...
À ce point-ci, l'heure n'a plus vraiment d'importance.

Le calme règne dans la salle de conférence. On attend que le concierge vienne nettoyer les dégâts.

Les parents d'Éric-François ont décroché leur fils du lutrin voilà quelques minutes. Pauvre vieux ! Il n'a certainement pas mérité ce qui lui arrive.

Lili est debout au milieu d'un champ de chaises renversées. Elle scrute le plafond en silence, l'index posé sur le menton. Ça réfléchit mieux, paraît-il.

Elle a l'esprit tourmenté.

Que faire, maintenant ? Que peut-elle contre les Hommes en beige ? Comment elle et Simon peuvent-ils gagner contre une organisation aussi puissante, aussi sournoise ? Et les Diffuseurs, pourquoi ne sont-ils pas venus à la rescousse ? Devrait-elle avoir confiance en l'homme aux lunettes de soleil ?

Simon est assis sur le rebord de la scène, les pieds ballants. Son menton reposant au creux de sa main, il regarde celle qui deviendra, dans quelques années, sa tendre moitié.

Il n'en revient tout simplement pas.

Il sait que ce petit visage encore lisse se creusera de ridules, et ce, malgré l'application quotidienne de crèmes trop chères pour aider à prévenir l'apparence des signes du vieillissement.

Il sait qu'à l'annulaire gauche de celle qui était jusqu'à aujourd'hui son amie géographique scintillera une alliance. Une alliance que lui-même lui aura glissée au doigt le jour de leur mariage.

Il sait aussi que tout cet avenir pourrait ne jamais exister. Justement parce qu'il sait...

Simon regarde Lili. Longuement. Son esprit somnole. Ses yeux se perdent dans la beauté originale de cette amie géographique qu'il connaît depuis si longtemps. Un sentiment l'imbibe de plus en plus. Il commence à voir Lili comme la femme de sa vie.

Vous avez bien lu : la femme de sa vie.

— Profites-en donc pour prendre une photo ! blague Lili en ramenant Simon sur terre.

— Hein ? Quoi ? Euh... non... merci... On y va ?

— On y va.

Les deux sortent de la salle en traînant les pieds. Dans le lobby, ça sent l'après-catastrophe à plein nez. Les secours s'organisent. Les pompiers, leurs camions, leurs sirènes, leurs grosses bottes et tout leur équipement sont débarqués. Un peu pour rien, car ils n'ont même pas eu une imitation de feu à éteindre. Autrement, les secs aident les mouillés. Des journalistes qui n'assistaient pas à la conférence du *Cratère* ont commencé à affluer. Des questions se posent. « Que s'est-il passé ? » « Alors, raconte ? » « Oui, mais, il y a le feu, ou pas ? » Des employés de l'hôtel discutent entre eux. Chacun y va de sa petite théorie sur la cause de l'incident.

Bob Paca, accroupi, photographie la scène cinquante fois plutôt qu'une.

Yann Dioz et Kim Laurence partagent la même couverture.

« Chaque torchon trouve sa guenille », disait ma grand-mère. Sans que personne l'ait vu venir, ces deux-là sont tombés amoureux. Cupidon passait par là, il lui restait deux flèches à dépenser avant sa pause-café, il les a décochées au hasard, et c'est dans le cœur de ce farceur et de cette boule mauve qu'elles sont allées se planter.

— Collez-vous ! lance Bob Paca en rassemblant le groupe. Je vais vous prendre en photo !

— Mais on est tout mouillés ! pleurniche Laurence.

— C'est parfait. C'est plus vrai ! insiste le photographe en faisant la mise au point. Charles ! Tu viens ?

Non loin de là, l'éditeur du *Cratère* termine de remercier les pompiers et se poste dans le cadre, tout juste derrière Lili. Il dépose sa grande main sur son épaule. Lili serre les poings et les mâchoires.

— Regardez bien l'objectif, indique Paca. Le petit oiseau va sortir !

Tout le monde a un air de fin du monde. L'humidité qui s'est installée dans les cheveux de Laurence lui fait une tête d'art abstrait. Le maquillage de Kim a coulé. Elle ressemble à un panda. Éric-François a le teint blême, ce qui, dans son cas, n'est pas une nouveauté. Le t-shirt mouillé de Yann Dioz lui colle à la poitrine, ce qui, dans son cas, n'est pas très sexy. Le fond de culotte de Simon lui pend jusqu'aux genoux.

Clic !

Une fois la photo prise, tous s'échangent des regards. Quelques sourires. Ils constatent à quel point ils sont lamentables. C'en est carrément comique, en fait.

— Bon, lance Yann, maintenant qu'on a notre maillot de bain, on pourrait en profiter pour aller essayer la piscine à vagues sur le toit !

Et tout le monde éclate de rire. On rit fort. On rit longtemps.

On rit vrai.

🔍

Fortan passe sa carte magnétique dans la fente de la porte de sa chambre et l'ouvre. Il a un sursaut en entrant.

Braün est là. Debout près des rideaux. Le soleil couchant qui pénètre par la fenêtre lui jette ses derniers rayons au visage.

Sous cette enveloppe de lumière rouge, l'Homme en beige ressemble à un être surnaturel.

— Qu'est-ce que tu fiches ici, Braün?

Charles remarque que son collègue tient un livre sous son bras. Pas une lecture de vacances. LE livre. *Le Plus Grand Secret du monde*, par Lili Piccione et Simon Pritt.

Fortan s'avance pour le lui reprendre, mais Braün lui fait signe d'arrêter.

— La Dame te suspend jusqu'à nouvel ordre, Charles, annonce-t-il.

— Pardon? Mais... mais pourquoi? Qu'est-ce que j'ai fait?

Braün n'a pas le temps de répondre, la sonnerie du téléphone lui coupe le sifflet. *Drilidrilidrilidrilidrili!*

— J'imagine qu'elle te le dira elle-même, lâche l'Homme en beige en esquissant le même sourire irritant qu'à la page 157.

Charles déglutit, passe une main sur son front et attrape le combiné.

— J'écoute.

— Bonjour, Charles. J'aimerais vous voir ici, à Titor, avant Noël.

— Noël... mais c'est dans deux semaines!

— Charles, insiste la Dame, je veux vous voir ici avant Noël, vous m'avez bien comprise?

— J'y serai.

Charles s'écrase dans un fauteuil et fixe le plafond. Il soupire de découragement. Il sait fort bien que la Dame ne l'invite pas à

Titor pour le traiter aux petits oignons, lui masser les pieds et lui cuisiner d'exquis petits plats. Il a gaffé plus d'une fois lors de ce congrès, et la Dame a certainement prévu pour lui quelque punition. Déjà qu'elle n'est pas reconnue pour sa joie de vivre... Imaginez quelle couleur peut prendre son humeur lorsque son secret est menacé.

Braün ouvre sa mallette sur le lit et y dépose le livre du futur. Il referme le tout et, sans dire un mot, se dirige vers la porte.

Avant de partir, il se retourne toutefois vers Fortan et, en ricanant presque, lui lance :

— T'en fais pas, ce sont des choses qui arrivent !

Charles ne quitte pas le plafond des yeux.

— Dégage, dit-il.

①⑥ Il y a des souvenirs
qui ne s'achètent pas

12 h 04.

L'ennui, avec les voyages, c'est qu'il faut revenir.

Forêt/forêt/forêt/pylône électrique/forêt/forêt...

On dit que le chemin du retour paraît moins long que celui de l'aller. Ce retour-ci est probablement l'exception qui confirme la règle.

Le minibus exagérément coloré ramène l'équipe du *Cratère* à Grise-Vallée en toussant des gaz à effet de serre. Il suit une mince route plongeant entre les omoplates d'une épaisse forêt. Tout le monde est là, excepté Éric-François. Il est retourné à Grise-Vallée avec ses parents. Il est déjà éprouvé par le congrès, on n'allait certainement pas lui faire subir, de surcroît, la torture des bancs du bus.

Forêt/forêt/forêt/ruisseau/forêt...

En fin de compte, on n'aura pas eu le temps de passer par la boutique de souvenirs. Hélas, personne ne rapportera à la maison un t-shirt trop grand à l'effigie de l'Hôtel des Portes d'eau. Ni une épinglette gravée des armoiries de Gorges-Profondes. Ni un porte-clés. Ni une tasse laide. Ni un toutou pas doux. Ni aucun autre article *made in China* qui finira inévitablement dans une vente-débarras, avec une étiquette « 5 ¢ ou meilleure offre » collée sur le front.

De toute façon, personne n'aura besoin d'une babiole pour se souvenir de ce weekend à Gorges-Profondes. Valérie-la-préposée-à-l'accueil leur avait promis un « séjour inoubliable ». On peut dire que la marchandise a été livrée.

Revenons à Éric-François. Il n'oubliera pas de sitôt l'Hôtel des Portes d'eau. Parions que, dans vingt-cinq ans, il racontera encore l'épisode du canapé tropical dans les fêtes de famille. Un jour, ses enfants le supplieront : « Ah, non ! Papa ! Pas encore ton histoire d'allergie à l'ananas ! »

Certaines anecdotes résistent à l'épreuve du temps.

Et que dire de Kim Laurence et Yann Dioz ? Ces deux-là ne sont pas près d'oublier l'instant de leur coup de foudre. Que leur amourette dure dix jours ou cinquante-deux ans n'a aucune espèce d'importance. Même lorsqu'ils fêteront leurs quatre-vingt-onze ans, que leur estomac ne parviendra plus à digérer autre chose que du manger mou, ils se rappelleront que leurs premiers frissons pour l'autre sont apparus devant un comptoir à jus dans le lobby de l'Hôtel des Portes d'eau.

Les souvenirs qu'on écrit sur le cœur sont indélébiles.

Forêt/forêt/forêt/chalet isolé/forêt...

Au volant de son cancer sur roues, Charles Fortan fixe la ligne blanche. Il a abandonné depuis quelques minutes l'idée de mettre la radio. Un trop grand nombre de kilomètres les séparent de la civilisation pour qu'on espère capter convenablement quelque station que ce soit.

Pour l'éditeur du *Cratère* aussi, ce congrès a été mémorable.

C'était la première fois qu'il revoyait les siens, ceux qu'il appelait autrefois « collègues » et « amis ». Il aurait aimé pouvoir renouer avec eux, discuter pendant des heures, déballer toute son histoire de long en large et de haut en bas. Hélas...

Parlant d'histoire, je ne vous ai pas raconté la surprise que réservaient les organisateurs du congrès à Charles Fortan. Comment ai-je pu oublier ?

Donc, voilà : pour la cérémonie de clôture, le président de l'Association des journalistes avait fait préparer une banderole de six mètres de long. On pouvait y lire : « Bienvenue, Charlie ! »

Franck Wabourq l'a dévoilée devant une salle remplie de journalistes. Alors, tout le monde, sans exception, s'est mis à applaudir. Et c'est dans un tonnerre de *clip !* et de *clap !* qu'on a souligné le retour inespéré de Charles Fortan.

Le principal intéressé n'a eu d'autre choix que de se lever de sa chaise et de remercier la foule d'un humble signe de tête. Puis, quelqu'un dans la salle s'est mis à scander : « UN DISCOURS ! UN DISCOURS ! UN DISCOURS ! »

Bien entendu, l'assistance au grand complet a repris le refrain.

Charles est monté sur la scène avec des nœuds dans les tripes. Il ne se souvient plus très bien de ce qu'il a dit au micro. Probablement quelque chose comme : « Merci, rassoyez-vous, merci, c'est trop... » suivi d'un décevant « Je ne peux faire de commentaire à propos de mes dernières années, désolé. »

Le public a regardé Fortan regagner sa place, en silence. Je vous épargne le malaise. On s'attendait à ce que le journaliste de la décennie prononce un discours digne d'un journaliste de la décennie. Une allocution qui allait marquer les esprits. Ça n'a pas été le cas.

Les gens présents à la cérémonie de clôture ont probablement déjà oublié le mot de remerciement de Fortan. Charles lui-même l'a oublié.

Il appuie sur l'accélérateur. *Vriiiiiiiiiiiiii !* Le minibus s'apprête à monter une pente. Or, rouler contre la gravité représente un exercice risqué pour ce tas de ferraille. Le moteur pousse des cris d'agonie. *Wiiiiiihiiiiihiiiiiihiiiiii !*

Assisterons-nous aux dernières paroles de cette épave ? Chaque inclinaison qu'il affronte est peut-être sa dernière.

Wiiiiiihiiiiihiiiiiiiuuuuuuuuuuuvrrrrr...

Le minibus reprend de la vitesse. Le paysage redevient plat. Il a survécu... du moins jusqu'à la prochaine côte.

Rassuré, Charles quitte la route des yeux pour scruter son rétroviseur. Il survole du regard les têtes qui somnolent dans son dos.

Forêt/forêt/marmotte écrasée/beurk!/forêt/forêt...

Simon a le front collé contre la fenêtre. À côté, Lili griffonne dans son petit carnet noir. Leurs épaules se frôlent. Eux aussi, vous vous en doutez bien, conserveront un souvenir impérissable de leur séjour à l'Hôtel des Portes d'eau. Dans leur cas, par contre, nous parlons d'un souvenir d'une tout autre importance. Je n'exagère pas en disant que, pour Simon Pritt et Lili Piccione, ces innocentes journées à Gorges-Profondes ont marqué un tournant majeur dans leur banale existence. Peuvent-ils dire: «La vie continue!» à présent? Quelle vie? Certainement pas celle qu'ils imaginaient. Et si elle continue, cette vie, par où ira-t-elle? Ira-t-elle seulement quelque part?

Simon redresse la tête.

— Qu'est-ce que t'écris?

— Je brouillonne mon article, dit-elle.

— Il parle de quoi?

— Ben... du congrès!

— Oui, mais... Tu ne parleras pas de...

— Chut! coupe la journaliste en désignant des yeux l'avant du véhicule.

Charles Fortan fixe la route.

Bien sûr que Lili n'écrira pas un mot sur le livre du futur. Un jour, peut-être. Mais pas maintenant. C'est trop tôt.

Simon retourne à la fenêtre.

Forêt/forêt/forêt...

... forêt/soleil/soleil/soleil...

Un surplus de lumière vient réchauffer la rétine de Simon. Tout est blanc, mais il n'est pas dans son cauchemar. Il le sait. Une brise tiède lui effleure le cou. Simon est couché sur le dos.

Et il regarde le soleil droit dans les yeux.

« T'es où ? entend-il au loin. Simon, t'es où ? »

Il se redresse lentement et se met debout. Il se trouve au beau milieu d'un champ. Les herbes hautes lui montent jusqu'à la taille. Il tourne sur lui-même en fouillant l'horizon des yeux.

Un champ à perte de vue s'étend tout autour. Il est vert, mais saupoudré de petites fleurs blanches comme des pellicules sur le cuir chevelu d'un géant.

Drôle de comparaison, j'en conviens.

Le soleil tape fort. Plus fort que d'habitude. Le haut de son crâne est en train de cuire. Simon passe sa main dans ses cheveux. Or, au lieu de ses habituelles couettes,

il tâte de la peau. Simon a le coco rasé.
« Simon ? Youhou ? Simon ? » continue la voix.

C'est une voix de femme. Derrière lui.
Simon se retourne. Il aperçoit la silhouette au
loin. Une mince jeune femme, crinière au vent,
qui tient dans ses bras un paquet. On dirait un
sac de pommes de terre. Simon marche dans
sa direction.

C'est Lili.

Son visage, par contre, est plus fin. Elle
est plus grande, plus élancée. Simon n'a pas
besoin de ses nouvelles lunettes bioniques pour
voir que son amie a au moins vingt ans de plus.

« Simon ! Simon ! » répète-t-elle avant d'arriver à sa hauteur, les yeux débordant de joie.

Elle est essoufflée par cette course dans
les herbes hautes.

C'est alors que Simon découvre que ce
n'est pas un sac de pommes de terre que Lili
porte dans ses bras.

C'est un bébé.

— Simon ! Simon ! Romane a dit son premier mot !

— Quoi ? Qui ? répond Simon.

— Dis-lui, Romane ! continue Lili en
s'adressant au petit être joufflu qu'elle tient
(et qui a les doigts de sa main droite bien
enfoncés dans sa bouche).

L'enfant regarde Simon avec ses grands
yeux rieurs et ses joues rouges à croquer. Il
retire sa main de sa bouche et dit d'une douce
voix remplie de conviction :

— Papa !

— AAAAAAAAH !

Simon a l'épouvantable impression de chuter d'un immeuble de cent dix étages (minimum). Il se réveille en sursaut une demi-seconde avant de s'écraser.

Ce n'était qu'un rêve.

— Ça va ? Encore tes cauchemars ? lui demande Lili, assis à côté de lui.

Dehors, il n'y a que de la forêt. Le minibus poursuit sa route tant bien que mal. Lili est là qui l'interroge du regard. C'est bien elle qui vient de lui montrer, dans son rêve, l'enfant qu'elle et lui pourraient engendrer. C'est bien elle, ici, âgée de quatorze ans, elle qui n'a toujours aucune espèce d'idée qu'elle deviendra, dans le futur, Mme Pritt.

Enfin, si tout se déroule comme sur la couverture du *Plus Grand Secret du monde*. Car rien n'est moins sûr.

Tenez, à l'instant même, Simon pourrait dire à Lili une chose épouvantable. Une chose qui pourrait exterminer sur-le-champ toute possibilité qu'eux deux forment un couple un jour. Une horreur du genre : « Lili Piccione, tu es laide, tu pues, je ne t'ai jamais aimée, ne m'adresse plus la parole et sors de ma vie ! »

En un battement de cils, en une phrase, il pourrait changer le cours de sa vie et celui de Lili.

En revanche, il pourrait aussi donner sa fichue lettre à Lili. Là. Dans le minibus. Il pourrait la sortir de sa poche, la lui glisser dans la main, et voilà. Il pourrait même aller plus loin encore et l'embrasser. Comme ça. *Paf!* Tout comme dans une certaine grotte à soixante-six pieds sous terre à la fin d'une aventure intitulée *Le Cristal qui pousse*.

Il pourrait. Et en deux secondes, il changerait son avenir et celui de Lili.

C'est fou de penser qu'à tout moment on peut décider de changer à jamais le cours de son existence. À quoi bon, alors, posséder des extraits de son futur si ce même futur peut être modifié en un simple claquement de doigts?

Simon passe une main dans ses cheveux.

— Alors, ton cauchemar? répète Lili, qui attend toujours la réponse de son ami.

— Hein? Oh, rien. J'ai juste rêvé à quelque chose de... surprenant.

— Raconte!

— Euh... patine Simon. Euh... J'ai rêvé que le minibus tombait en panne.

— Il n'y a rien de surprenant là-dedans.

— Hein? Ouais, t'as raison...

Lili pivote alors pour mieux regarder Simon droit dans les yeux. Intensément. Trois secondes s'écoulent. Lili mordille sa lèvre du bas sans se détourner. Attend-elle un geste de sa part? Un baiser? *Quoi d'autre?* pense Simon. Il s'avance doucement pour l'embrasser.

— Ta tache est disparue, s'empresse de dire Lili.

Simon recule. Terriblement gêné, il vise la forêt en bordure de la route, qui défile comme un film en accéléré.

— Je sais, murmure-t-il.

①⑦ Épilogue

Le Cratère, vol. IX, n° 7

Un congrès... bien arrosé !

Par Lili Piccione

S'il fallait résumer en un mot la première participation du *Cratère* au Congrès annuel de l'Association des journalistes, ce serait celui-ci : *Ouch!*

Ouch! pour les sièges anti-confort du minibus qui nous a menés jusqu'à Gorges-Profondes.

Ouch! devant le majestueux Hôtel des Portes d'eau, où se tenait le congrès.

Ouch! pour Éric-François, qu'on a dû transporter d'urgence à l'hôpital pour cause d'allergie à l'ananas.

Ouch!, surtout, pour cette conférence où nous devions présenter le journal que vous tenez entre les mains, mais qui est littéralement tombée à l'eau!

Oui, on en aura vu de toutes les couleurs lors de ce congrès!

SUR L'ANONYMAT

Plus sérieusement, cette année, le Congrès des journalistes était organisé autour du thème de l'anonymat. Le président de l'Association des journalistes, Franck Wabourq, n'a pas été tendre envers ceux qui répandent des rumeurs sans révéler leur identité. Selon lui, « il faut se méfier des anonymes. Toujours ».

C'est peut-être la plus grande leçon que je retire de ce voyage à Gorges-Profondes : il faut toujours se méfier de ceux qui se cachent derrière un masque. Mais attention ! Cela ne signifie pas qu'il ne faut pas les prendre au sérieux...

Je m'explique.

Aujourd'hui, avec Internet, tout le monde peut se cacher derrière un avatar, un pseudo, un *nick*.

Or, certains en profitent pour dire n'importe quoi, raconter des mensonges, tromper les gens.

On a aussi appris que certaines personnes parlent sous le couvert de l'anonymat par nécessité. S'ils ne le faisaient pas, leur vie pourrait être en danger. Ces gens-là, souvent, ont des informations importantes à livrer. On se doit de les écouter.

Il y a donc des anonymes farceurs et des anonymes sérieux.

Et c'est le monde dans lequel nous vivons. Un monde où il est difficile de faire la différence entre le vrai du faux, entre le mensonge et le plus grand secret du monde... ◉

— C'est songé solide, ton article !

— Trop, peut-être ?

L'horloge du Via Lattea indique 20 h 16. Lili essuie les tasses. Simon est assis au comptoir et achève de lire l'article de son amie. Le plan est très clair dans sa tête : juste avant de retourner chez lui, il donnera son mot à Lili. Oui, son fichu mot d'amour qui moisit depuis si longtemps dans la poche de son manteau. À moins d'une catastrophe (tremblement de terre, ouragan, tsunami), c'est aujourd'hui qu'il le lui donne. C'est décidé.

Le café est fermé depuis quelques minutes. La chaîne stéréo diffuse une douce musique d'opérette. Le brouhaha qui règne ici enterre habituellement cette délicate musique d'ambiance. C'est un bonheur d'en profiter, une fois la clientèle partie.

Vito est là aussi. Il vient tout juste de baisser les stores des vitrines. En ce moment, il ferme sa caisse enregistreuse. L'imprimante de la machine vomit un ruban de papier sur lequel sont inscrites les ventes de la journée. Le tout, dans un *krigigigigit ! Krigigigit !* mécanique qui s'harmonise peu avec l'« *O Sole Miooooooo !* » mélodieux de la chaîne stéréo.

On n'aura pas tellement entendu parler du père de Lili au cours de cette aventure. Pour ceux que ça intéresse, tout est au beau fixe de son côté. Les affaires roulent bien. Tout baigne. Rien à signaler. Enfin, si ce n'est que ce qui suit...

Toc! Toc! Toc!

Quelqu'un frappe.

— Clémence! lance Vito en se précipitant à la porte du Via Lattea tout en dénouant frénétiquement son tablier.

Clémence? Simon déchiffre dans le visage de Lili que ni l'un ni l'autre ne sait de qui il s'agit.

Vito ouvre et dévoile une femme menue, insérée dans un petit tailleur chocolat.

— Hin! Hin! Je suis un p'tit, p'tit peu en retard! Hin! Hin! dit-elle en ricanant nerveusement, ce qui lui fait sursauter les épaules.

Elle a un sourire qui ressemble à une injection au Botox et des cheveux roux coupés court. Elle presse sur son ventre, comme un trésor précieux, un sac à main minuscule.

Quelque chose chez cette femme agace Lili, sans qu'elle puisse mettre le doigt dessus.

La rousse entre dans le Via Lattea. Puis, elle et Vito s'échangent un baiser. Sur la bouche. Presque rien, direz-vous, mais tout de même... Depuis la disparition de sa mère, c'est la première fois que Lili voit son père embrasser une femme.

Quelque chose chez cette femme agace Lili. Sauf qu'elle a maintenant le doigt directement dessus. Elle se doutait bien que cela arriverait un jour. Mais après toutes ces années à vivre avec un père qui semblait résolu à ne jamais retomber en amour, Lili en était venue à penser que son père avait fait vœu de célibat.

En quelque sorte, elle avait oublié la possibilité que son père aime un jour une autre femme.

Vito se retourne vers Simon et Lili.

— Lili, jé té présente Clémence... Et, euh... j'aurais un truc à t'annoncer, hésite-t-il en lissant sa moustache.

Inutile d'en dire davantage. Lili a déjà compris. Elle sait que Poil de carotte occupera désormais la place que sa mère a laissée vacante il y a si longtemps.

Lili ne fera pas de crise, ni d'air bête. Elle offrira un sourire poli à cette Clémence. Mais attention, il n'est pas question qu'elle l'aime.

— Vous êtes la bienvenue dans nos vies, dit Lili avec un sourire fabriqué de toutes pièces.

— Tu peux me tutoyer, comme on risque de devenir de bonnes, bonnes amies, toi et moi.

Si elle avait eu un dentier, Lili l'aurait avalé tellement la réplique la surprend. Elle, amie avec l'autre? Allô?!

— Pour le moment, je préférerais vous vouvoyer, reprend Lili sur un ton cinglant.

— LILI! aboie son père.

— Ça va, ça va... dit Clémence en saisissant l'avant-bras de Vito pour le calmer. Je te respecte, Lili. Tiens, je vais te vouvoyer moi aussi... Laissez-moi seulement vous dire que je vous trouve encore plus, plus jolie que ce que votre père m'a raconté...

Ouf! Qu'est-ce que Lili peut répondre à cela? Le compliment semble sincère. Lili n'est pas non plus faite en bois. Au risque d'aggraver les choses, elle préfère changer de sujet.

— Merci, madame. Si ça ne vous dérange pas trop, Simon et moi avons à discuter. Nous serons dans ma chambre.

Les deux quittent le Via Lattea en passant par l'arrière-boutique, qui mène à la maison des Piccione. Simon marche d'un pas rapide derrière Lili, qui court presque, les poings serrés. Il ne sait pas trop où se mettre.

Peut-on classer l'arrivée impromptue d'une nouvelle femme dans la vie de son père dans la catégorie des « catastrophes »? Simon n'en est pas sûr. Dans le doute, il préfère garder son mot d'amour pour lui.

Enfin, le temps que la situation s'éclaircisse.

🔍

On se demande pourquoi le gouvernement impose des limites de vitesse : tout le monde les dépasse. Sauf les vieux à chapeaux qui, eux, conduisent trop lentement (ce qui entre dans une autre catégorie de problèmes).

Les voitures roulent trop vite sur l'autoroute. L'une d'entre elles manque de heurter Bob Paca, qui marche sur le bord de chaussée. En plus, il neige de la neige mouillée. Une averse de barbotine saveur nature.

ZzzzzzooooooooommmmmFLOUCHE-
ooooooooommm...

Un camion passe dans une flaque et éclabousse Paca. Le photographe se retrouve
couvert d'une gadoue grisâtre qui sent
l'huile et la saleté. Heureusement qu'il n'a
pas rendez-vous avec la reine de Norvège :
on le prendrait pour un malpropre.

Ses pas le mènent sous ce viaduc. Devant
une porte. Il s'arrête et regarde le numéro ci-
vique. 5935. *Il doit y avoir une erreur,* pense-t-il.

L'endroit n'a rien de rassurant. Un mur
de béton d'un côté, l'autoroute de l'autre, un
étroit trottoir. On est à l'opposé complet des
petits lieux charmants des cartes postales.

Et cette porte... Bob vérifie une nouvelle
fois l'adresse gribouillée sur le bout de papier
qu'il tient dans la main. Pas d'erreur. C'est
bien là qu'on lui a donné rendez-vous.

Il pose le doigt sur la sonnette. *BZZZZZ!*
Aussitôt, dans l'interphone, une voix gré-
sillante répond :

— GhzzzOui ? Zzggchhh

— J'ai apporté la colle spéciale ! dit Paca.

C'est le mot de passe qu'on lui a donné.

— ChzzzzOn vous attendait... Zzzchh...
ChzzzEntrez... Chzzz

La lourde porte de métal peinte en brun
émet un second *BZZZZZ!* désagréable. Un
cliquetis plus tard, elle est déverrouillée.
Bob la pousse. Derrière, il trouve un dédale
de corridors éclairés par ce qu'on pourrait
appeler des ampoules, mais qui ressemblent

davantage à des défaillances électriques. Les lumières semblent avoir le hoquet. Rien de bien rassurant. Le photographe arpente les couloirs, en s'attardant aux numéros sur les portes. Numéro 1... Numéro 2... Numéro 3... Numéro 4... La porte numéro 5 est barricadée.

Puis, enfin, la numéro 6. Au-dessus, un écriteau annonce : « Club international des modélistes ». C'est bien là. Bob Paca frappe, comme on le lui a indiqué, six coups rapides et trois coups espacés.

Toctoctoctoctoctoc! TOC... TOC... TOC...

Onze secondes plus tard, quelqu'un ouvre. L'homme aux lunettes de soleil apparaît. Oui, le même que Simon et Lili ont rencontré dans l'ascenseur de l'Hôtel des Portes d'eau.

— Vous êtes seul ? demande-t-il en regardant derrière Paca.

— Bien entendu.

— Il est encore temps, vous savez. Vous pouvez toujours reculer et rentrer chez vous...

— Je n'aurais pas fait tout ce chemin, par ce temps de chien, pour me dégonfler à ce moment-ci.

— On vous a bien informé des risques que vous courez en passant cette porte ?

— Trois fois.

— Je vous les répète. Une fois que vous aurez franchi cette porte, vous ne pourrez plus reculer. Si quelqu'un, à partir d'aujourd'hui, vous capture et cherche à vous tirer les vers du nez, vous devrez prendre la Pilule.

Le grand type sort de la poche intérieure de sa veste en cuir un flacon contenant un cachet jaune.

— Cette Pilule, poursuit-il, vous engluera la mémoire à jamais. Vous ne vous souviendrez même plus de votre nom. Maintenant, Robert Paca, acceptez-vous les conditions ? Dites : « J'accepte. »

Bob prend un moment pour considérer les implications de son geste. L'homme aux lunettes de soleil le regarde, le visage fermé, imperturbable, tel un totem.

— J'accepte, finit par dire le photographe.

— Alors, Robert Paca, bienvenue dans le club...

Il fait un pas en arrière de façon solennelle. Bob est impatient de découvrir enfin ce qui se cache au local numéro 6, sous ce viaduc, dans ce lieu incongru. L'homme aux lunettes de soleil se pousse pour le laisser voir.

De petits vallons. De minuscules arbres. Une église miniature. Des rangées de minimaisons bordant des rues d'un centimètre de largeur.

Un paysage lilliputien.

Là, devant lui, Bob Paca trouve une monumentale maquette trônant au beau milieu d'une vaste salle qui pourrait contenir un supermarché.

— Qu'est-ce que c'est que ce truc ? demande-t-il.

— Grise-Vallée, répond l'homme.

En effet, tout est là, au détail près. Les rebords surélevés du cratère, la rue Principale qui traverse la ville d'est en ouest, le Via Lattea, la banque et, plus loin, l'aéroport avec ses avions bimoteurs abandonnés près de la grange au toit orangé. Il y a aussi l'école secondaire au bout de la rue Calmont et le cimetière, derrière l'église, où chacune des pierres tombales a été méticuleusement reproduite. La butte au Wallon, bien visible au milieu du village, n'a pas été oubliée. Le Motel Soleil non plus.

Cette maquette a dû exiger des années de travail de moine et des centaines de tubes de colle.

— Vous avez sous les yeux le projet que nous poursuivons depuis maintenant quinze ans. Officiellement, nous ne sommes qu'un honnête club d'amateurs de modèles réduits tout ce qu'il y a de plus banal.

— Que faites-vous ici, pour vrai? demande Bob, en se doutant bien que cette maquette n'est pas simplement le hobby d'une bande de retraités.

— Chaque chose en son temps, Bob. Je peux vous appeler Bob?

— Bien sûr...

— Avez-vous la page?

— Évidemment...

À la conférence du *Cratère*, Paca a profité du branle-bas de combat qu'a provoqué le déclenchement des gicleurs. Pendant que Simon se démenait dans la marée humaine agglutinée à la sortie, il a facilement pu glisser sa main dans sa poche et lui ravir son étui à lunettes.

— Mais comment avez-vous su, demande Robert en marchant, que Simon cachait la page sur lui?

— Donnez-moi la page, Bob.

Le photographe s'exécute. L'homme aux lunettes de soleil retire ses verres, dévoilant son œil noir comme une olive. Il lit en diagonale la page du futur et esquisse un sourire.

— Hein? Comment avez-vous su? répète Bob.

— Simple: nous avons installé des micro-caméras dans tous les ascenseurs de l'hôtel. Tout ce que Simon et Lili disaient, nous l'entendions...

— ... et les Hommes en beige, eux, l'ignoraient! complète Paca, impressionné par la ruse.

— Exactement, Bob. Vous avez relevé cette première mission avec brio. Maintenant, laissez-moi vous présenter aux autres.

L'homme aux lunettes de soleil se dirige vers une petite scène aménagée à l'une des extrémités de la maquette. Il monte sept marches, suivi de Bob. Et c'est alors que le photographe constate qu'ils ne sont pas seuls. Des gradins ont été érigés en demi-cercle sur un côté de la maquette. Sur les bancs, une soixantaine de personnes discutent à voix basse.

La page dans la main, l'homme aux lunettes de soleil se présente derrière le micro, monté sur un pied. Un spot lui flanque sa lumière en plein visage. En le voyant, l'assistance éteint aussitôt son placotage. Bob, ne sachant trop où se mettre, reste en retrait du faisceau lumineux. La scène surplombe la gigantesque maquette.

— Chers amis, commence l'homme aux lunettes de soleil, c'est un jour de victoire pour les Diffuseurs ! Notre quête du plus grand secret du monde a franchi une étape importante !

Il brandit bien haut la page du livre du futur.

— Ce que je tiens dans ma main est la page d'un livre que Simon et Lili écriront dans vingt ans.

Dans les gradins, l'assemblée échange des « Oh ! », des « C'est pas vrai ! » et des « J'arrive pas à y croire ».

— Nous avons pu recueillir cette preuve grâce à notre nouvel associé, Robert Paca. Je vous demande de l'accueillir chaleureusement.

L'homme aux lunettes de soleil fait signe à Bob de s'approcher de la scène tandis que la salle applaudit poliment. Celui-ci s'avance, la tête dans les épaules, intimidé par tout ce spectacle. Il salue le public de la tête. Il n'était certainement pas préparé à se faire applaudir aujourd'hui. D'autant plus qu'il est toujours recouvert de gadoue séchée...

— L'apport de M. Paca à la Grande Confrérie des Diffuseurs sera essentiel. Il connaît personnellement Charles Fortan, l'Homme en beige que nous surveillons depuis quelques mois déjà. Il pourra recueillir auprès de lui de l'information cruciale.

Dans les gradins, une femme d'une quarantaine d'années (yeux noisette piqués d'une sorte de mélancolie, visage effilé, longs cheveux noués) se lève.

— Je suis ravie que M. Paca se joigne à nous, dit-elle d'une voix assurée et calme.

L'assemblée se retourne vers elle pour l'écouter. Visiblement, cette femme est respectée au sein de cette assemblée.

— Par contre, j'aimerais savoir ce que le Conseil a prévu pour Simon et Lili. Ce sont eux, au final, qui ont volé la page... non ?

— En effet, Dorothée, et je tiens à rassurer tout le monde : l'arrivée de Robert Paca parmi nous ne menace en rien les missions que nous avons planifiées pour Simon et Lili. Le fait qu'ils aient jusqu'ici réussi à démasquer Charles Fortan, qu'ils aient même trouvé un livre du futur dans ses bagages nous prouve que nous avions raison : ces deux jeunes sont surprenants. Aussi, j'aimerais que l'assemblée, aujourd'hui même, se prononce sur cette question : acceptons-nous que Simon Pritt et Lili Piccione entrent dans la grande famille des Diffuseurs ? Chers amis : votre vote !

Tout le monde dans les gradins lève la main, sauf Dorothée, qui prend la parole.

— Dans mon cas, j'accepte si et seulement si le Conseil me garantit qu'il ne leur arrivera rien.

— Dorothée, vous savez bien que c'est une promesse que le Conseil ne peut faire. Par contre, je me tiens personnellement responsable de leur sécurité. Ceux qui leur chercheront des ennuis auront affaire à moi...

Dorothée regarde l'homme aux lunettes de soleil, puis le reste de l'assemblée, et elle lève la main à son tour.

Bob Paca observe la scène avec un étonnement non dissimulé. Il a du mal à digérer le vaste complot qui se dévoile à lui. Jamais il n'aurait pu deviner ce que Simon et Lili représentaient réellement lorsqu'il leur a serré la pince, quelques jours plus tôt, dans le lobby de l'Hôtel des Portes d'eau. Ces deux ados ressemblaient à tous les ados du monde, et pourtant...

— Vous vous abstenez de voter, Bob ? lui demande l'homme aux lunettes de soleil dans un sourire moqueur.

— Hein ? Ah ! Euh... non, je veux dire...

Et Bob Paca lève la main bien haut.

— Nous avons donc l'unanimité ! Maintenant, remettons-nous au boulot, nous avons du pain sur la planche. Les Hommes en beige seront trois fois plus vigilants. Nous devrons manœuvrer avec finesse.

L'homme aux lunettes de soleil sort alors de scène. Bob le talonne. Il a tant de questions à lui poser.

— Mais, les Hommes en beige, demande-t-il, ils vont certainement trouver un moyen de déjouer vos plans...

— Vous jouez aux échecs, Bob ? répond l'homme aux lunettes de soleil, évasif.

— Un peu... Rarement... Enfin, je veux dire : non.

— Sachez que, pour gagner aux échecs, il faut prévoir quelques coups d'avance sur son adversaire. Gagner, c'est prévoir, Bob... Bien sûr qu'un jour les Hommes en beige trouveront un moyen de déjouer nos plans, mais cette fois, nous avons un coup d'avance sur eux.

— Et Simon et Lili... on les laisse comme ça ? Ils ont lu cette page, ils savent ce qu'ils écriront dans vingt ans...

— Non, Bob. Leur avenir n'est probablement déjà plus celui qui est imprimé sur cette page.

— Vous voulez dire que Simon et Lili n'écriront pas ce livre ?

— Je l'ignore...

— Je ne comprends pas...

L'homme aux lunettes de soleil s'arrête et regarde Bob Paca dans les yeux.

— Vous, Bob, si vous aviez su que vous alliez devenir un des plus grands photoreporters de votre génération, auriez-vous perdu trois années de votre vie à étudier la comptabilité pour faire plaisir à votre père ?

— Comment savez-vous ça ?

— Répondez.

— Non... bien sûr que non. Si je l'avais su, j'aurais étudié en photographie.

— Voilà : vous auriez modifié votre destin. Vous seriez devenu photographe beaucoup plus jeune, vous auriez rencontré d'autres gens... tout aurait été différent. Vous auriez probablement vécu une tout autre vie. Simplement parce que vous auriez été au courant de ce qui vous attendait.

L'homme aux lunettes de soleil se remet à marcher. Il se dirige vers la sortie de la salle.

— Tout ce que vous faites aujourd'hui, Bob, a des répercussions sur la suite des choses. Car l'avenir se forme dans le présent.

— Et Simon et Lili ? Quelle sera la suite pour eux ?

On verra, Bob. On verra...